Gilles ist Redakteur bei einer Pariser Tageszeitung, erfolgreich und gutaussehend, führt er ein ausschweifendes Junggesellenleben. Als er Nathalie trifft, ist er entwaffnet von ihrer Unbefangenheit und Offenheit. Sie lässt ihren reichen Ehemann und ihr angenehmes Leben hinter sich, um mit ihm in einem Strudel der Leidenschaft nach Paris zu gehen. Dort jedoch fühlt sich die kluge und ernsthafte Frau wie ein Fremdkörper. Zwischen oberflächlichen Freunden, und dem wankelmütigen Gilles zweifelt sie plötzlich an seinen Gefühlen …

FRANÇOISE SAGAN, 1935-2004, hieß eigentlich Françoise Quoirez und stammte aus einer wohlhabenden Industriellenfamilie. Sie schrieb den Welterfolg *Bonjour Tristesse* mit 18 Jahren, kaufte sich vom Honorar einen Jaguar, spielte, trank, nahm »gelegentlich« Kokain und galt fortan als Protagonistin des französischen Existenzialismus. Nebenbei verfasste sie noch mehr als vierzig Romane und Theaterstücke, Filmdrehbücher und Memoirenbände.

Françoise Sagan

Ein bisschen Sonne im kalten Wasser

Roman

Aus dem Französischen in neuer Übersetzung
von Sophia Sonntag

btb

Die französische Originalausgabe erschien 1968 unter dem Titel »Un peu de soleil dans l'eau froide« bei Éditions Flammarion, Paris.

MIX
Papier aus verantwortungsvollen Quellen
FSC® C014496
FSC
www.fsc.org

Verlagsgruppe Random House FSC® N001967

1. Auflage
Genehmigte Taschenbuchausgabe Oktober 2016
by btb Verlag in der Verlagsgruppe Random House GmbH,
Neumarkter Str. 28, 81673 München

Umschlaggestaltung: semper smile, München
Umschlagmotive: picture alliance/Mary Evans Picture Library
Druck und Einband: GGP Media GmbH, Pößneck
mr · Herstellung: sc
Printed in Germany
ISBN 978-3-442-74911-9

www.btb-verlag.de
www.facebook.com/btbverlag
Besuchen Sie auch unseren LiteraturBlog www.transatlantik.de

Inconnue, elle était ma forme préférée
Celle qui m'enlevait le souci d'être un homme
Et je la vois et je la perds et je subis
Ma douleur, comme un peu de soleil dans l'eau froide.

Als Unbekannte war sie die mir liebste Gestalt,
Sie, die mich der Sorge enthob, ein Mann zu sein,
Ich sehe sie und ich verliere sie und ertrage
Mein Leid: wie ein bisschen Sonne im kalten Wasser.

Paul ÉLUARD

Meiner Schwester gewidmet

Erster Teil

Paris

1

DAS PASSIERTE IHM jetzt praktisch jeden Morgen. Nur wenn er sich abends heillos betrunken hatte und das Aufstehen, Duschen und Anziehen kaum als anstrengend empfand, weil er alles gleichsam unbewusst und mechanisch tat, fühlte er sich dank der Mattigkeit seiner selbst enthoben oder, besser gesagt, von sich selbst befreit. Aber zahlreicher und anstrengender waren die Tage, wenn er im Morgengrauen mit klopfendem Herzen aufschreckte, weil er – anders ließ es sich wohl nicht mehr bezeichnen – Angst vor den Anforderungen des Lebens hatte und wusste, dass ihn gleich die immer wiederkehrenden Gedanken an seine Beklemmungen, seine Misserfolge und Qualen heimsuchen würden, die jeder neue Tag mit sich brachte. Auch jetzt verspürte er wieder dieses Herzklopfen. Er versuchte, nochmals abzutauchen in den Schlaf, versuchte sich selbst zu entfliehen. Vergeblich. Er setzte sich auf, griff nach der Wasserflasche neben seinem Bett, ließ sich einen Schluck durch die Kehle rinnen, doch dieser kam ihm genauso abgeschmackt, fade und schal vor wie sein Leben in den letzten drei Monaten. Was ist bloß mit mir los? Was nur?, fragte er sich, teils verzweifelt, teils empört. Hochmütig, wie er war, fühlte er sich allein durch den Gedanken schon gedemütigt wie durch eine Ohrfeige, dass es eine Depression sein könnte, wie er sie schon häufig bei anderen Leuten, die er durchaus schätzte, beobachtet hatte. Seit seiner Jugend hatte er sich nie mehr viel mit sich selbst befasst, das Leben, das er führte, hatte ihm genügt. Dass er sich nun plötzlich mit diesem kränklichen, blassen und gereizten Wesen auseinandersetzen sollte, erfüllte ihn mit abergläubischem Entsetzen. Das sollte *er* sein, dieser Mann von fünfunddreißig Jahren, der noch vor Tagesanbruch ohne erkennbaren Grund zitternd auf der Bettkante hockte? War das das Ergebnis von dreißig Jahren, in denen er alles unbekümmert auf die leichte Schulter genommen hatte, selbst gelegentlichen Liebeskummer? Er vergrub sich wieder ins Kopfkissen, presste es gegen seine Wange, als könnte es ihm den erlösenden Schlaf schenken. Aber seine Augen blieben offen. Bald war ihm kalt und er zog die Bettdecke hoch, bald war ihm heiß und er warf sie wieder von sich. Und es gelang ihm nicht, diesen Schüttelfrost abzustellen, der von innen kam, der ihn schon fast verzweifeln ließ, ihn zumindest völlig trostlos machte. Eigentlich hätte er sich Eloïse wieder zuwenden und mit ihr schlafen sollen. Aber er konnte nicht. Seit drei Monaten hatte er sie schon nicht mehr angerührt, und seit drei Monaten hatten sie kein Wort darüber verloren. Die schöne Eloïse… Merkwürdig, wie sie das ertrug. Als würde sie etwas Krankhaftes, etwas Fremdes an ihm wittern, als hätte sie Mitleid mit ihm. Und der Gedanke, sie könnte Mitleid mit ihm haben, war vernichtender, als wenn sie wütend gewesen wäre oder ihn gar betrogen hätte. Was hätte er nicht darum gegeben, sie begehren zu können, sich wild auf sie zu werfen, in die Wärme eines anderen Körpers einzutauchen, es heftig zu treiben, sich zu vergessen, das wäre doch etwas ganz anderes als einfach nur zu schlafen… Aber er konnte nicht. Und ihre wenigen zaghaften Annäherungsversuche hatten bei ihm nur unvorstellbaren Ekel ausgelöst. Er, der geradezu liebestoll gewesen war und das auch immer in jeder Lebenslage hatte beweisen können, egal, ob die Umstände nun höchst lächerlich oder sonderbar gewesen waren, ausgerechnet er war nun impotent, lag, in den Kissen vergraben, neben einer Frau, die ihm gefiel, die schön war und die er sogar gern hatte.

Wobei, ganz so schlimm war es nun auch wieder nicht. Ein Mal, vor drei Wochen, nach dem denkwürdigen Abend bei Jean, hatten sie doch miteinander geschlafen. Aber er hatte keine Erinnerung mehr daran, weil er – nicht ohne Grund – viel zu viel getrunken hatte und sich nur noch an ein obskures und wirres Gerangel in seinem großen Bett erinnerte, aber auch an seine Erleichterung beim Aufwachen, nun doch wieder einmal gepunktet zu haben. Als sei dieser flüchtige Augenblick geschenkter und empfangener Lust ein Ausgleich für die vielen Nächte voller Unbehagen, fadenscheiniger Entschuldigungen und geheuchelter Ungezwungenheit gewesen. Nicht gerade eine Glanzleistung. Das Leben, das ihm bis dahin doch alles geschenkt hatte – zumindest glaubte er das und sah darin einen Grund für seinen Erfolg –, dieses Leben zog sich nun zurück wie das Meer, wenn es plötzlich zurückweicht und einen Felsen sich selbst überlässt, als hätte es ihn schon zu lange liebkost. Die Vorstellung, dass er selbst solch ein alter Felsen sei, ließ ihn kurz und bitter auflachen. Aber es stimmte ja, das Leben schien ihm tatsächlich durch eine verborgene Wunde zu entweichen. Die Zeit verstrich nicht mehr, sie zerrann. Auch wenn er sich immer wieder sagte, dass sein jetziges Leben ihm noch allerlei zu bieten hatte – er sah gut aus, hatte einen abwechslungsreichen Beruf, war in jeder Hinsicht erfolgreich –, erschien ihm das alles neuerdings eintönig und belanglos wie gebetsmühlenartiges Gefasel. Blutleere, leblose Worte.

An jenem Abend bei Jean hatte das Ganze dann auch noch einen körperlich abstoßenden Aspekt angenommen. Er hatte die Runde kurz verlassen, war sich in der Garderobe mit dem Kamm durchs Haar gefahren, aber als er sich die Hände waschen wollte, war ihm die Seife entglitten und zu Boden gefallen, direkt unters Waschbecken, sodass er sich bücken musste, um sie aufzuheben. Sie lag unter einem Rohr, und es sah aus, als würde sie sich verstecken. Die Seife war rosa und wirkte – so fand er plötzlich – irgendwie obszön. Er streckte die Hand aus, um sie aufzuheben, was ihm aber nicht gelang. Ein plötzliches Grauen, als lauere da im Schatten ein hinterlistiges und nachtaktives Tier auf die Berührung durch seine Hand, hatte ihn auf der Stelle erstarren lassen. Schweißgebadet hatte er sich wieder aufgerichtet und sich mit einer seltsam distanzierten Neugier im Spiegel angestarrt, eine Neugier, die aus den Tiefen seines Verstandes an die Oberfläche gespült worden war und das Entsetzen schnell verdrängt hatte. Wie für einen Tauchgang hatte er tief Luft geholt, sich erneut gebückt und die Seife gepackt, sie aber sofort wieder ins Waschbecken geworfen, so wie man auf dem Land eine schlafende Schlange von sich schleudert, die man irrtümlich für einen Stock gehalten hat. Danach musste er gut eine Minute lang kaltes Wasser über sein Gesicht laufen lassen, wobei er zu dem Schluss gekommen war, dass an seinem Zustand nicht die Leber, nicht die Erschöpfung und

auch nicht die gegenwärtigen Lebensumstände schuld waren, sondern etwas anderes. Und er hatte sich eingestehen müssen, dass es »so etwas« tatsächlich gab und er daran erkrankt war.
Aber, was tun? Wer könnte einsamer sein als ein Mann, der, natürlich ganz instinktiv und mit wohlwollenden Zynismus, bislang stets die angenehmen Seiten des Lebens zu genießen wusste, und dem nun mit einem Mal, im Jahre des Herrn 1967, mitten in Paris, alles entgleitet? Allein schon der Gedanke an einen Psychiater kam einer Demütigung gleich, ja, er wies ihn entschieden von sich, hatte er doch seine geistige Überlegenheit bisher für seine beste Eigenschaft gehalten. Deswegen war er zum Schweigen verdammt. Und zum Weitermachen. Oder vielmehr dazu, es zumindest zu versuchen. Außerdem hatte er dem Leben, den Fügungen des Schicksals immer blind vertraut, und daher glaubte er, dass »das alles« nur ein vorübergehender Zustand sei. Die Zeit, die einzige Macht, die er für sich gelten ließ, hatte ihm schon so manche Liebschaft, so manches Glück, so manchen Kummer, zuweilen auch all seine Pläne zerstört, also gab es keinen Grund, dass sie nicht auch »diese Sache« beseitigen würde. Nur war »diese Sache« farblos, namenlos, er wusste nicht einmal, was es war. Und vielleicht hat die Zeit nur Macht über das, was man kennt.

2

Er war außenpolitischer Redakteur bei einer großen Pariser Tageszeitung, und hatte nun schon den halben Tag im Büro zugebracht. Überall in der Welt gab es nur absurdes Blutvergießen, das bei seinen Kollegen ein wohliges Schaudern hervorrief. Ihn machte das rasend. Früher, noch vor drei Monaten, hätte selbstverständlich auch er seine Stimme erhoben, im Chor mit ihnen seiner Empörung Luft gemacht, doch jetzt konnte er das nicht mehr, ja, er empfand es sogar gewissermaßen als beleidigend, dass man in Nahost, den USA oder andernorts auf diese Weise versuchte, ihn von seinem wahren Drama abzulenken – von sich selbst. Wer von seinen Kollegen hätte wohl, während die Erde im Chaos erbebte, Lust oder Zeit gehabt, sich ihm und seinen unbedeutenden Problemen zu widmen? Dabei hatte er ihnen oft stundenlang zugehört, wenn sie sich über dies oder jenes beklagten, ihm ihre Misserfolge gestanden und er ihnen aus der Patsche zu helfen versuchte. Aber nein, sie schwirrten mit vor Erregung funkelnden Augen um ihn herum, und er stand allein da, auf einmal ratlos wie ein Hund, der sich verlaufen hat, ebenso selbstsüchtig wie manch alter Mann und ebenso unnütz. Doch dann gab er sich einen Ruck: Er musste mit Jean reden, der ein Stockwerk über ihm saß. Jean war der Einzige, der die Dinge relativ gelassen sah und dennoch einfühlsam genug war, um das nahende Unheil zu spüren, das sich derzeit über seinem Freund so bedrohlich zusammenbraute.

Mit seinen fünfunddreißig Jahren sah Gilles noch sehr gut aus. Das »noch« bedeutete, dass er mit zwanzig außergewöhnlich attraktiv gewesen war, eine Attraktivität, die ihm nie vollständig bewusst geworden war, deren er sich aber völlig unbekümmert bedient hatte und so jahrelang von Frauen wie Männern heftig begehrt worden war – bei letzteren allerdings folgenlos. Jetzt, fünfzehn Jahre später, wirkte er drahtiger, männlicher, aber sein Auftreten und seine Gestik ließen die strahlende Siegerpose des jungen Mannes, der er einmal gewesen war, immer noch erahnen. Und so verspürte Jean, der damals, ohne es je zugegeben oder sich selbst eingestanden zu haben, buchstäblich vernarrt in ihn gewesen war, jetzt, da er ihn zur Tür hereinkommen sah, einen Stich ins Herz. Richtig abgezehrt sah er aus, mit seinem schwarzen Haar, das ein bisschen zu lang war, dem ruhelosen Ausdruck in den blauen Augen … Diese Nervosität wurde tatsächlich immer schlimmer, es war an der Zeit, dass er, Jean, etwas dagegen unternahm. Aber er konnte sich nur schwer entschließen, denn über Jahre hinweg war Gilles in seinen Augen das Sinnbild für Glück und Unbeschwertheit gewesen, sodass es ihm widerstrebte, mit ihm darüber zu reden, wie es einem ja auch widerstrebt, ein Bild zu zerstören. Was wäre denn, wenn das Bild zerfiele … wenn er, Jean, seit eh und je dick, kahlköpfig und vom Leben gebeutelt, erkennen müsste, dass kein Mensch per se glücklich ist? Er hatte zwar schon so manche Illusion verloren, aber gerade weil dieser Gedanke unsäglich naiv war, fiel es ihm besonders schwer, davon Abschied zu nehmen. Er schob Gilles einen Stuhl hin, und als der vorsichtig Platz genommen hatte, denn das Zimmer war buchstäblich übersät mit Aktenbündeln, die sich überall auf den Schreibtischen, auf Fußboden und Kamin stapelten, bot er ihm erst einmal eine Zigarette an. Der weite Blick aus dem Fenster über graue und blaue Dächer, ein Universum von Regenrinnen und Fernsehantennen, hatte Gilles jahrelang begeistert. Doch diesmal sah er nicht einmal hin.

»Und?«, fragte Jean. »Eine schöne Bescherung, was?«

»Du meinst den Mord? Kann man wohl sagen, wirklich grandios.«

Dann schwieg er wieder, starrte vor sich hin. Eine Minute verging, Jean raffte sich nochmals auf, räumte ein paar Aktenordner in die Fächer, pfiff vor sich hin, als sei eine Minute Schweigen nichts Ungewöhnliches zwischen ihnen, doch dann gab er sich einen Ruck, ergriffen von einer tiefen Güte und Zuneigung, die plötzlich in ihm aufwallte: Wie teilnahmsvoll, wie liebevoll, wie warmherzig war Gilles doch gewesen, als er, Jean, von seiner Frau verlassen worden war! Dagegen benahm er selbst sich jetzt wie ein widerlicher Egoist, das wurde ihm plötzlich klar. Seit zwei Monaten spürte er doch schon, dass Gilles unglücklich war, seit zwei Monaten wich er einem Gespräch darüber aus. Das war eindeutig viel zu lange, zumal es um einen Freund ging. Und dennoch – da Gilles es ihm überließ, den Anfang zu machen, oder, besser gesagt, es ihm aufzwang, konnte er sich eine kleine Inszenierung beim besten Willen nicht verkneifen. Jenseits der dreißig erliegt jeder der Versuchung, ob auf der Weltbühne oder im privaten Bereich, auch das kleinste Ereignis ein wenig in Szene zu setzen, um sich ungeteilte Aufmerksamkeit oder Mitgefühl zu sichern. Daher drückte auch Jean jetzt erst einmal seine nur zur Hälfte gerauchte Zigarette aus, setzte sich und faltete die Hände, fixierte Gilles eine Sekunde lang, hüstelte und sagte möglichst neutral:

»Also?«

»Was, also?«, fragte Gilles zurück.

Eigentlich wäre er lieber wieder gegangen, wusste aber gleichzeitig, dass er es nicht tun würde, da er ja alles darangesetzt hatte, Jean dazu zu bringen, ihn anzusprechen. Und, was noch schlimmer war, er fühlte sich schon jetzt ein wenig erleichtert.
»Also, dir geht's nicht gut, hab ich recht?«
»Stimmt.«
»Seit ein bis zwei Monaten, oder?«
»Drei.«
Diese Zeitspanne hatte Jean eher willkürlich gewählt. So konnte er Gilles immerhin beweisen, dass dieser ihm nicht gleichgültig war und dass er ihn nur aus Rücksichtnahme nicht früher darauf angesprochen hatte.
Ha, jetzt spielt er den Oberlehrer, den Hellseher, dabei vertut er sich um einen Monat, schoss es Gilles durch den Kopf.
»Seit drei Monaten schon«, fuhr er fort, »ist mir alles verleidet.«
»Gibt's Gründe dafür?«, fragte Jean, der sich mit knapper Geste eine neue Zigarette anzündete, wofür Gilles ihn einen Moment lang hasste. Wenn er bloß diesen Verhörton ablegen und dieses unbeteiligte Expertengehabe, dieses Affentheater beenden würde!
Doch gleichzeitig empfand er das tiefe Bedürfnis, sich mitzuteilen, sich dieser Regung, die ihn wärmend, leicht und unwiderstehlich durchströmte,

ganz zu überlassen und sich endlich jemandem anzuvertrauen.
»Nicht die geringsten.«
»Dann ist's wirklich ernst.«
»Wie man's nimmt.«
Das klang aggressiv und brachte Jean aus dem Konzept. Da ihm die Psychiater-Rolle offenbar nicht gelang, stand er auf, ging um den Tisch herum, legte Gilles die Hand auf die Schulter und murmelte: »Kopf hoch, alter Junge«, was Gilles, weil er nichts mehr hasste als das, die Tränen in die Augen trieb. Er war wirklich am Ende. Er streckte die Hand aus, schnappte sich einen Kugelschreiber vom Schreibtisch und fing an, die Mine äußerst konzentriert heraus und wieder herein zu drücken.
»Was läuft schief, mein Lieber?«, fragte Jean. »Bist du sicher, dass du nicht krank bist?«
»Unsinn. Ich bin nicht krank. Ich habe einfach zu nichts mehr Lust, das ist alles. Das geht doch vielen so, oder?«
Er lachte höhnisch auf, versuchte es zumindest. Dass alle Ärzte sämtlicher Fachrichtungen sich über diese Modekrankheit mehr oder weniger einig waren, war für ihn auch kein Trost, eher eine Beleidigung... Das Gefühl, ein Sonderfall zu sein, war ihm, wenn es schon nichts Besseres gab, somit auch genommen.

»Ich habe«, presste er hervor, »einfach keinen Spaß mehr an der Arbeit, keine Lust mehr, mit einer Frau zu schlafen, kein Interesse mehr am Herumreisen. Am liebsten würde ich den ganzen Tag allein im Bett liegen, die Decke überm Kopf. Ich ...«

»Hast du's schon ausprobiert?«

»Na klar, aber nicht lange ausgehalten. Um neun Uhr abends war ich soweit, dass ich mich umbringen wollte. Das Bett kam mir dreckig vor, mein eigener Geruch hat mich angewidert, und sogar meine eigenen Zigaretten stanken abscheulich. Findest du das normal?«

Jean knurrte unwillig, diese Details, die auf seelische Verwahrlosung hindeuteten, schockierten ihn mehr als jede Obszönität. Er unternahm eine letzte Anstrengung, doch noch eine logische Erklärung zu finden.

»Und Eloïse?«

»Eloïse? Sie erträgt mich. Eine Gesprächspartnerin war sie ja nie für mich. Sie mag mich, nichts weiter. Zu allem Überfluss bin ich jetzt auch noch impotent. Nicht nur bei ihr, nein, ganz allgemein. Na ja, fast immer, jedenfalls, wenn's dann mal klappt, langweilt es mich. Also ...«

»Das ist nichts Ernstes«, sagte Jean. »Das gibt sich wieder.«

Er versuchte zu lachen. Wenn's weiter nichts war als verletzter männlicher Stolz ...

»Such Dir einen guten Arzt, wirf' ein paar Vitamine ein, dazu ein bisschen Bewegung an der frischen Luft, und in zwei Wochen bist du wieder ganz der alte Schürzenjäger.«
Gilles blickte hoch. Er war empört: »Du hast überhaupt keine Ahnung, damit hat es rein gar nichts zu tun! Ich pfeif drauf, verstehst du? Ich pfeif drauf! Ich habe auf gar nichts mehr Lust, kapiert? Die Weiber allein sind's nicht. Das ganze Leben interessiert mich nicht. Gibt's dagegen etwa Vitamine?«
Kurzes Schweigen.
»Einen Scotch?«, fragte Jean.
Er öffnete eine Schublade, holte eine Flasche heraus, hielt sie Gilles hin, der wie mechanisch einen Schluck davon nahm.
Da war es wieder, dieses Zittern. Er schüttelte den Kopf:
»Nicht einmal das hilft mehr. Der Alkohol macht mich nur schläfrig und vollkommen stumpfsinnig. Jedenfalls bringt er mich überhaupt nicht mehr in Stimmung. Und mein Problem löst er ja auch nicht wirklich, oder?«
Jean nahm ihm die Flasche ab und genehmigte sich ebenfalls einen kräftigen Schluck.
»Komm, gehen wir an die frische Luft.«
Sie zogen los. Paris war atemberaubend an diesem strahlend blauen Vorfrühlingstag, zum Weinen schön. Alles war unverändert, die vertrauten Stra-

ßen, die vertrauten Bistros, das *Sloop*, wo sie alle zusammen hingingen, wenn es etwas groß zu feiern und entsprechend zu begießen gab, oder die Kneipe, von wo aus Gilles, als er noch in Maria verliebt gewesen war, sie immer heimlich angerufen hatte. Oh Gott, wie hatte er damals vor Aufregung gezittert, und wie stickig war es in der Kabine gewesen, wo er, ohne wirklich zu begreifen, was dort geschrieben stand, das Gekritzel an den Wänden gelesen hatte, während er das Telefon immer wieder klingeln ließ und niemand abhob. Wie er damals gelitten hatte, und wie lässig er sich anschließend aufgespielt und bei der Wirtin einen Drink bestellt hatte, den er dann, das Herz verkrampft vor Schmerz und Wut, in sich hinein gekippt hatte. Wie er damals das Leben genossen hatte! Und selbst jene schreckliche Zeit, als er völlig von einer anderen Person abhängig gewesen war und diese ihn mit Füßen getreten hatte, erschien ihm fast erstrebenswerter als sein jetziger Zustand. Er war verletzt worden, aber die Verletzung ließ sich wenigstens einem Menschen zuordnen.

»Und wie wär's mit einer Reise?«, fragte Jean. »Zwei Wochen, für eine Reportage? Das wäre doch machbar.«

»Keine Lust. Allein schon der Gedanke an feste Abflugzeiten, unbekannte Hotels, Menschen, die ich interviewen muss... nein, ich kann nicht... Und all das Gepäck... bloß nicht!«

Jean schielte zu ihm hinüber und fragte sich flüchtig, ob Gilles nicht maßlos übertrieb. Anderen etwas vorzugaukeln hatte er schon früher immer genossen, zumal es alle amüsierte. Aber jetzt las er nur Angst und Widerwillen in seinen Zügen, und Jean glaubte ihm.

»Und was hältst du von einem Abend mit zwei hübschen Mädels? Wie früher, nur du und ich? Wie zwei Landjunker, die was Verruchtes erleben wollen? ... Nein, albern ... Und was ist eigentlich mit deinem Buch? Dieser Amerika-Reportage?«

»Da gibt's schon fünfzig andere, bessere. Und glaubst du etwa, ich könnte auch nur zwei vernünftige Zeilen zu Papier bringen, wo ich mich doch für rein gar nichts interessiere?«

Der Gedanke an das Buch gab ihm den Rest. Es stimmte ja, dass er eine Reportage über die USA, wo er sich gut auskannte, hatte schreiben wollen, es stimmte, dass das sein Traum gewesen war und er das Konzept bereits entworfen hatte. Gleichzeitig stimmte aber leider auch, dass er momentan nicht in der Lage war, auch nur eine einzige Zeile zu schreiben oder einen vernünftigen Gedanken zu entwickeln. Was war plötzlich mit ihm geschehen? Wofür bestrafte man ihn? Und wer? Für seine Freunde war er doch immer wie ein Bruder gewesen und zu Frauen eher zärtlich. Absichtlich hatte er nie jemandem wehgetan. Wieso flog ihm jetzt,

mit fünfunddreißig Jahren, sein Leben wie ein vergifteter Bumerang um die Ohren?
»Ich will dir sagen, was du hast«, hörte er Jean dicht neben sich, und der besänftigende Ton seiner Stimme war ihm unerträglich. »Du bist einfach ausgepumpt, du …«
»Ausgerechnet du willst mir erklären, was ich habe!«, brüllte Gilles plötzlich los, mitten auf der Straße. »Du kannst es mir nicht sagen, weil du es nicht weißt! Weil ich es selbst nicht weiß! Und im übrigen«, blaffte er bösartig, »lass mich gefälligst in Frieden!«
Die Passanten starrten sie an, und da stieg ihm plötzlich die Röte ins Gesicht, er streckte die Hand nach Jeans Revers aus, als wollte er noch etwas hinzufügen, doch dann wandte er sich ab und ging ohne ein Wort des Abschieds eiligen Schrittes in Richtung Seine-Quais davon.

3

Eloïse wartete auf ihn, sie wartete immer. Sie arbeitete, wenn auch nicht sonderlich erfolgreich, als Mannequin für ein großes Pariser Modehaus, und hatte sich zwei Jahre zuvor, als die Sehnsucht nach Maria ihn eines Abends allzu sehr schmerzte und er die Einsamkeit nicht mehr ertrug, voller Begeisterung bei ihm einquartiert. Sie hatte auffallend schöne blaue Augen, einen hübschen Körper und obendrein ein sonniges Gemüt. Um als Fotomodell gefragt zu bleiben, wechselte sie je nach Modetrend die Haarfarbe von dunkelhaarig über rot bis blond. Gilles hatte es aufgegeben, einen tieferen Sinn darin zu suchen, das Ganze war ihm schleierhaft.

Lange Zeit hatten sie sich auf einer bestimmten Ebene sehr gut verstanden, doch mittlerweile geriet er schon in Panik bei der Überlegung, was er ihr sagen, wie er den Abend mit ihr über die Bühne bringen sollte. Ein Arbeitsessen außer Haus war immer ein willkommener Vorwand, um ohne sie ausgehen zu können, sie würde es nicht übelnehmen, doch er hatte nicht die geringste Lust, sich

der Öffentlichkeit, der Nacht, der Stadt nochmals auszusetzen. Er wollte sich nur noch irgendwo vergraben und allein sein.
Seine Wohnung in der Rue Monsieur-le-Prince war nicht groß, drei Zimmer, die er nie fertig eingerichtet hatte. Anfangs hatte er mit Begeisterung Regale angebracht, eine Bücherwand aufgestellt, Stereoanlage und Fernseher installiert... kurzum: all den überflüssigen Kleinkram, der das Leben angeblich angenehm macht und bereichert. Lauter Dinge, die ihm gleichgültig geworden waren. Nicht einmal ein Buch konnte er zur Hand nehmen, er, der sich tagelang, ohne zu essen, in seine Lektüre hatte vertiefen können. Eloïse saß vor dem Fernseher, als er nach Hause kam. Um nur ja nicht eine ihrer wunderbaren Sendungen zu versäumen, hatte sie ein Programmheft in der Hand. Sie sprang auf, und begrüßte ihn mit einem freudigen Kuss, was ihm übertrieben und albern vorkam: das perfekte Heimchen. Er steuerte auf die Hausbar zu oder besser gesagt, auf den Servierwagen, der als solche herhalten musste, und schenkte sich einen Whisky ein, obwohl er auch darauf keinerlei Lust hatte. Dann ließ er sich in den anderen Sessel neben Eloise sinken und starrte ebenfalls höchst interessiert auf den Bildschirm. Für einen kurzen Moment löste sich Eloïse aus ihrer versonnenen Haltung und wandte den Kopf in seine Richtung:

»Wie war dein Tag?«
»Gut. Und deiner?«
»Meiner auch.«
Erleichtert, wie ihm schien, heftete sie ihren Blick wieder auf den Bildschirm, wo eine Schar junger Leute sich abmühte, aus einem Wirrwarr von Holzbuchstaben, die eine honigsüß lächelnde Spielleiterin ihnen hinhielt, ein Wort zu bilden. Gilles zündete sich eine Zigarette an und schloss die Augen.
»Ich glaube, es heißt ›Apotheke‹,« sagte Eloïse.
»Wie bitte?«
»Ich glaube, es heißt ›Apotheke‹, das Wort, das sie suchen.«
»Schon möglich.«
Er schloss die Augen wieder. Dann versuchte er, einen Schluck zu trinken, aber der Whisky war schon lauwarm. Er stellte das Glas auf dem Teppichboden ab.
»Nicolas hat angerufen, er fragt, ob wir uns nicht heute Abend mit ihm im Club treffen wollen. Was meinst du?«
»Mal sehen, ich bin ja gerade erst nach Hause gekommen.«
»Ansonsten hätten wir noch Kalbsbraten im Kühlschrank. Und die Serie im Fernsehen.«
Na großartig, dachte er, was für eine nette Auswahl: Entweder Abendessen mit Nicolas, der mir

zum tausendsten Mal erklären wird, dass er längst ein Meisterwerk geschaffen hätte, wenn die Filmwelt nicht so korrupt wäre, oder hier im Sessel, mit kaltem Braten und irgendeinem Blödsinn im Fernsehen. Ein Horrortrip! Dabei war er früher doch gerne abends ausgegangen, hatte Freunde gehabt, sich amüsiert, neue Menschen kennengelernt, jede Nacht ein Fest! ... Wo waren seine Freunde jetzt? Er wusste sehr wohl, wo sie waren, und dass er nur zum Hörer hätte greifen müssen. Sie waren es einfach leid, seit drei Monaten vergeblich bei ihm anzurufen, das war alles. Aber so sehr er sich auch bemühte, einen Namen, ein Gesicht zu finden, das er gerne wiedergesehen hätte – vergeblich. Nur Nicolas, dieser Jammerlappen, ließ nicht locker. Klar: Der konnte bestimmt mal wieder seine Zeche nicht bezahlen.

Das Telefon klingelte, doch er rührte sich nicht. Vor langer, sehr langer Zeit pflegte er sofort aufzuspringen, wenn es klingelte: Das konnte doch nur die Liebe, das Glück oder das Abenteuer sein, die nach ihm riefen. Kein Zweifel. Aber jetzt, jetzt war es Eloïse, die den Hörer abnahm und vom Schlafzimmer aus rief:

»Für dich. Es ist Jean.«

Er zögerte einen Augenblick. Was sollte er ihm sagen?

Dann fiel ihm ein, dass er heute Morgen sehr grob

gewesen war und dass es dumm und beschämend war, grob zu sein. Schließlich hatte er ja den armen Jean erst mit seinen Sorgen belästigt und ihn dann einfach mitten auf der Straße stehen lassen. Also nahm er den Hörer.

»Bist du's, Gilles? Alles in Ordnung?«

»Ja.«

Jeans Stimme klang warmherzig, besorgt, eindeutig die Stimme eines Freundes. Gilles war gerührt: »Tut mir leid wegen heute Morgen, ich ...«

»Darüber können wir morgen reden«, erwiderte Jean. »Was hast du heute Abend vor?«

»Ich glaube, ich werde ... wir werden wohl zuhause bleiben und kalten Kalbsbraten essen.«

Das war ein echter Hilferuf, auf den ein kurzes Schweigen folgte. Vorsichtig setzte Jean von Neuem an:

»Ich denke, du solltest mal wieder ausgehen; im *Bobino* ist Premiere, wenn du Lust hast, ich habe Karten, ich ...«

»Danke«, sagte Gilles. »Ich habe keine große Lust, heute auszugehen. Aber wenn du willst, könnten wir morgen mal wieder so richtig einen draufmachen.«

Das meinte er freilich nicht ernst, und Jean wusste das auch. Aber da Jean ohnehin schon spät dran war, sich noch umziehen und nochmals aus dem Haus musste, kam ihm Gilles faule Ausrede nicht

ungelegen. Er stimmte zu, sagte behutsamer als gewöhnlich: »Bis bald, mein Lieber« und hängte ein.
Nun fühlte Gilles sich noch einsamer. Er ging ins Wohnzimmer zurück und setzte sich wieder. Eloïse starrte noch immer fasziniert auf den Bildschirm. Plötzlich brach es aus ihm heraus:
»Wie kannst du dir nur so einen Blödsinn anschauen?«
Sie wirkte nicht einmal erstaunt, wandte ihm nur ihr ausdrucksloses Gesicht zu, sanft und schicksalsergeben:
»Ich dachte, so würde ich es dir ersparen, dich mit mir unterhalten zu müssen.«
Einen Augenblick lang war er so verdutzt, dass ihm keine Antwort einfiel. Doch gleichzeitig erfüllte diese Demut in ihrem Satz ihn mit jenem dumpfen Gefühl, das er verabscheute, aber nur allzu gut kannte: Das Gefühl, jemandem wehzutun. Er kam sich demaskiert vor.
»Warum sagst du so etwas?«
Sie zuckte die Achseln:
»Nur so. Ich glaube … ich habe das Gefühl, dass du lieber allein sein und deine Ruhe haben möchtest. Deswegen schaue ich mir die Sendung an.«
Flehentlich sah sie ihn an, sie sehnte sich danach, von ihm zu hören: Im Gegenteil, kümmere dich um mich, doch, doch, sprich mit mir, ich brauche

dich, und einen Moment lang war er sogar versucht, genau das zu sagen, um ihr eine Freude zu machen. Aber das wäre noch eine weitere Lüge gewesen und das ging wirklich nicht.

»Es geht mir im Moment nicht besonders gut«, sagte er mit schwacher Stimme. »Sei mir nicht böse, ich weiß nicht, was mit mir los ist.«

»Ich bin dir nicht böse«, erwiderte sie, »ich kenne das. Mit zweiundzwanzig ist mir dasselbe passiert. Eine Depression. Ich habe nur noch geheult. Meine Mutter war ganz verzweifelt.«

Das war ja zu erwarten gewesen, dieser Vergleich! Eloïse hatte natürlich alles auch schon mal durchgemacht.

»Und wie ist es wieder besser geworden?«

Ironisch, ja böse hatte das geklungen. Es gelang ihm einfach nicht, seine Krankheit mit der von Eloïse in Verbindung zu bringen. Das wäre ja auch fast einer Beleidigung gleich gekommen.

»Plötzlich war es wieder vorbei, einfach so. Einen Monat lang habe ich so kleine Pillen geschluckt – zu dumm, ich hab' vergessen wie sie hießen –, und eines Morgens ging's dann wieder besser.«

Sie lachte nicht einmal. Er sah sie an und in seinem Blick lag fast eine Spur von Hass:

»Schade, dass du vergessen hast, wie sie hießen. Vielleicht kannst du deine Mutter anrufen und sie fragen.«

Sie stand auf, kam auf ihn zu und nahm seinen Kopf in ihre Hände. Er starrte in dieses schöne, unbewegte Gesicht, auf diesen Mund, den er so oft geküsst hatte, in diese blauen Augen, die jetzt einen so kläglichen Ausdruck angenommen hatten.

»Gilles … Gilles … Ich weiß, dass ich nicht besonders klug bin und dir auch nicht wirklich helfen kann. Aber ich liebe dich, Gilles, mon chéri …«

Jetzt weinte sie, an sein Jackett geschmiegt, und obwohl er Mitleid mit ihr hatte, war ihm die ganze Szene unendlich lästig.

»Nicht weinen«, sagte er, »nicht weinen, es wird schon wieder … Ich bin einfach vollkommen erledigt, morgen gehe ich zum Arzt.«

Und da sie wie ein verstörtes Kind immer leiser vor sich hin wimmerte, schwor er, am nächsten Tag zum Arzt zu gehen, aß lächelnd den kalten Braten und versuchte, ihr gut zuzureden. Dann gab er ihr einen zärtlichen Kuss auf die Wange, drehte sich, als sie im Bett lagen, auf die Seite und hoffte, der nächste Morgen möge nie anbrechen.

4

Der Arzt verstand etwas von seinem Metier und das war der Sache keineswegs zuträglich. Im Gegenteil. Er hatte Herz und Lunge abgehorcht, ein paar banale Fragen gestellt, und an seinem Mienenspiel war abzulesen, dass er keinerlei Energie dafür aufwenden würde, sich selbst oder anderen etwas vorzumachen. Jetzt saß Gilles ihm gegenüber, in einem imposanten Sessel, und hielt den Blick auf ihn geheftet, in der vagen Hoffnung, hinter diesem selbstsicheren und entschiedenen Auftreten möge sich nicht doch völliges Unvermögen verbergen, ihn zu heilen. Eigentlich ein typisches Arztgesicht, das Entschiedenheit signalisiert, wie sie auch Anwälte ausstrahlen, dachte Gilles, oder ich als Journalist, wenn ich hin und wieder Interesse und Verständnis heucheln will. Trotzdem keimte Hoffnung in ihm auf. Vielleicht gab es ja doch irgendwelche Pillen gegen Lebensüberdruss? Möglich wäre es. Vielleicht fehlte ihm wirklich nur ein bisschen Calcium oder Eisen oder dergleichen, um glücklich zu sein. So was gab es ja schließlich! Man meint zwar immer, alles im Griff zu haben, wenn man sich nur auf seinen Kopf, seine Willenskraft und seinen Freiheitsdrang verlässt, doch auf einmal merkt man, dass die Kräfte schwinden, nur weil einem eine Spur Vitamin B fehlt. Nun denn. Darüber musste man sich klar sein. Das musste man hinnehmen. Der Körper ist eben auch nur eine Art störanfälliger Mechanismus und …

»Kurz gesagt, Sie fühlen sich nicht wohl,« stellte der Arzt fest, »und ich will Ihnen nicht verhehlen, dass ich dagegen nicht viel tun kann.«

»Wieso?«

Gilles spürte, wie die Wut in ihm hochkochte, er fühlte sich gedemütigt. Da hatte er sich nun eine Stunde lang vertrauensvoll in die Obhut dieses Mannes begeben, und dieser Scharlatan erklärte ihm nun eiskalt, dass er ihm nicht helfen könne. Er war doch schließlich Arzt und Helfen war sein Beruf! Es war seine Pflicht, etwas zu tun. Das wäre ja gerade so, als ob ein Automechaniker plötzlich nichts mehr von Autos verstünde oder als ob …

»Körperlich sind Sie in sehr guter Verfassung. Oder sagen wir so: Es hat zumindest den Anschein. Wenn Sie wollen, kann ich noch Laboruntersuchungen durchführen oder Ihnen tonusstärkende Mittel verschreiben. Eine Kapsel vor jeder Mahlzeit, alle fünf Tage …«

Das klang fast spöttisch, und Gilles hasste ihn da-

für. Er hatte eine verständnisvolle Vaterfigur gesucht, und man speiste ihn ab mit Fachsimpelei.
»Wenn Sie glauben, dass mir das helfen kann … Ich bin durchaus in der Lage, zwei Mal pro Tag ein Medikament einzunehmen«, zischte er.
Der Arzt lachte.
»Und welches? Ihre Erkrankung ist eine allgemeine Lust- und Antriebslosigkeit, die man Depression nennt. Sie hat mentale, sexuelle und andere Auswirkungen, wie Sie sie mir geschildert haben. Wenn Sie wollen, schicke ich Sie zu einem Psychiater. Manchmal hilft das, manchmal auch nicht. Dr. Giraut beispielsweise hat einen guten Ruf …«
Gilles verwarf diesen Vorschlag mit einer ablehnenden Handbewegung.
»Wenn Sie meinen Rat hören wollen: Verreisen Sie, legen Sie sich eine Weile auf die faule Haut oder toben sie sich mal richtig aus. Allerdings bin ich nicht der richtige Facharzt für solche Dinge, das muss ich zugeben. Ich bin hier mit meiner Kunst am Ende. Im Übrigen kann ich Ihnen nur raten, abzuwarten.«
Nach diesen Worten rief er eine Sekretärin herein und diktierte ihr eine komplizierte Verordnung für ein harmloses Medikament, ganz so, als wollte er Gilles einen Gefallen tun.
Wenn man's recht bedachte, sah er eigentlich ganz sympathisch und intelligent aus, andererseits aber

auch recht unbeteiligt. Er unterschrieb das Rezept und reichte es Gilles.

»Sie können es ja mal damit versuchen. Auf alle Fälle eine Sorge weniger für Ihre Frau, sofern Sie eine haben.«

Gilles stand auf, zögerte, weil er eigentlich noch hätte fragen wollen: Ja, und? Was soll ich jetzt tun? Er ging so selten zum Arzt und dass dieser ihn so einfach ziehen ließ, verblüffte ihn.

»Ich danke Ihnen«, sagte er. »Ich weiß, dass Sie sehr beschäftigt sind und dass Jean …«

»Jean ist einer meiner besten Freunde. Im Übrigen, mein Lieber, kommen wöchentlich etwa fünfzehn Männer mit den gleichen Symptomen in meine Praxis. Im Allgemeinen pendelt sich das von alleine wieder ein. Eine Zeiterscheinung, wie man so schön sagt.«

Er klopfte Gilles auf den Rücken und komplimentierte ihn damit hinaus.

Es war fünf Uhr nachmittags, und wie vor den Kopf geschlagen, als hätte man ihm seinen baldigen Tod angekündigt, fand Gilles sich draußen auf der Straße wieder und war empört, obwohl Jean doch gesagt hatte: »Geh zu diesem Arzt, der erzählt dir zumindest keine Märchen.«

Aber hatte man in diesem Beruf denn das Recht, keine Märchen zu erzählen? Ihm wurde mit einem Mal klar, dass ihm irgendein Quacksalber oder einer, der das Blaue vom Himmel herunter versprach, bedeutend lieber gewesen wäre. So tief war er also gesunken, dass er es vorzog, betrogen und belogen zu werden, wenn es ihm nur Mut gemacht hätte. Er konnte sich selbst immer weniger ertragen.

Was sollte er jetzt tun? Sich nochmals in der Redaktion blicken zu lassen, war eine Möglichkeit, obwohl er diesmal ja eine plausible Entschuldigung für sein Fehlen hatte: »Ich war beim Arzt, Monsieur«. Dieses infantile Getue, diese Manie, sich entschuldigen zu müssen und zu lügen, diese Unart, in anderen Erwachsenen so etwas wie Aufpasser zu sehen, die leicht auszutricksen waren, ja, diese Mentalität besaß auch er und sie deprimierte ihn mehr und mehr. Und erst recht die Arbeit, die ihn immer mit Begeisterung erfüllt hatte. Aber nicht einmal die bekam er auch nur halbwegs auf die Reihe. Momentan erledigte Jean alles für ihn, aber das würde irgendwann durchsickern. Man würde ihn rauschmeißen, ihn buchstäblich zum Teufel jagen, dabei hatte er sich diese Zeitung doch ausgesucht und sich mit großer Mühe seinen Platz dort erkämpft. Er würde als unbedeutender Schreiberling in einem Skandalblättchen enden und das nicht einmal unverdient. Daran führte kein Weg vorbei. Er würde zu dieser sensationslüsternen Meute gehören, einer dieser Seitenfüller werden, die gewisse Redaktionen bevölkerten, sich ständig volllaufen lassen und in den Nachtclubs vor Selbstmitleid zerfließen. So musste es zwangsläufig kommen.

Aber wenn schon ein Lotterleben, warum dann nicht gleich? Gilda dürfte jetzt zuhause sein, Gilda hätte bestimmt eine Idee, Gilda war immer da, um die Lust der anderen zu befriedigen oder ihre eigene oder beides zusammen. Seit Jahren wurde sie von einem friedfertigen Brasilianer ausgehalten, der ihren Zynismus reizvoll fand, und da die Lust für sie dasselbe war wie für andere das Opium, verließ sie ihre Parterre-Wohnung in Passy so gut wie nie. Sie war achtundvierzig, ein Prachtweib mit der Ausstrahlung einer schier alterslosen Diva, die allerdings rasend wütend werden konnte. Jean behauptete, sie sei eine der letzten Barbey d'Aurevilly-Figuren, was Gilles durchaus hätte glauben mögen, wäre er nicht ein besserer Frauenkenner gewesen, den so manche theatralische Pose an seichte Komödien erinnerte. Wie dem auch sei, Gilda war eine ehrliche Haut und sie mochte ihn.

Er winkte ein Taxi herbei, da ihm allein schon der Gedanke, seinen Simca quer durch Paris zu steuern, seit zwei Monaten wie eine Tortur vorkam, und gab Gildas Adresse an.

Sie war ausnahmsweise allein, gehüllt in eines dieser farbenfrohen Hausgewänder, die ihr Markenzeichen waren, und überschüttete Gilles sofort mit einem Schwall von Liebkosungen und Vorwürfen. Er ließ sich auf der Bettkante nieder und hörte zu. Er hatte ihr gefehlt. Sie war gerade erst von den Bahamas zurückgekommen. Heiße Länder waren ihr ein Gräuel, genauso wie sie den Schnee hasste. Sie hatte einen neuen Liebhaber, neunzehn Jahre alt, mit dem sie *Chéri* spielen konnte. Aber dessen Schwester gefiel ihr auch. Stand ihm der Sinn nach Whisky oder einem Dry? Früher war es ja immer ein Dry gewesen. Zu ihrer Zeit. Wie viele Tage hatte das mit ihnen beiden eigentlich gedauert? Sie war drauf und dran gewesen, sich ernsthaft in ihn zu verlieben. So ging es zehn Minuten lang, dann schwieg sie und musterte ihn eindringlich.

»Du brütest mir doch etwas aus!«

Beide mussten schallend lachen, diese Ausdrucksweise hatte ihnen schon früher so viel Spaß gemacht: Jetzt kriegst du mir doch glatt eine Grippe! Gilles, der anfangs sehr nervös gewesen war, entspannte sich allmählich, streckte seine Beine aus und warf einen liebevollen und versonnenen Blick auf das absonderliche Mobiliar in diesem Raum, den er einmal mitbewohnt hatte.

»Ich komme gerade vom Arzt«, sagte er dann.

»Du? Ja, was hast du denn? Stimmt, du hast abgenommen. Es ist doch nicht etwa ...«

Das Wort hing in der Luft, hing zwischen ihnen, und Gilles dachte voller Ironie, dass dies wohl das einzige Wort sein dürfte, das bei Gilda noch Schamgefühle auszulösen vermochte.

»Nein, Krebs habe ich nicht. Ich habe überhaupt nichts, bin nur völlig erledigt.«

»Ach so, du hast mir richtig Angst gemacht. Schon lange?«

»Hm ... ungefähr drei Monate ... Keine Ahnung.«

»Das«, dozierte sie plötzlich, »heißt nicht erledigt, sondern Depression. Weißt du noch, in welchem Zustand ich damals war, 1962 ...?«

Das Ärgerliche an dieser Krankheit war zum einen, dass jeder sie offenbar schon einmal gehabt hatte, und zum anderen, dass jeder es höchst unterhaltsam fand, davon zu erzählen. Gilles hörte sich also auch Gildas Schilderung an, deren Depression offenbar auf wundersame Weise eines schönen Morgens auf Capri wie weggeblasen war. Vergeblich suchte er nach einer Gemeinsamkeit.

»Ich weiß schon, was du denkst«, sagte sie unvermittelt. »Du denkst, dass es bei dir ganz anders ist. Aber das ist ein Irrtum. Es ist genau dasselbe. Eines schönen Morgens wirst du putzmunter aufwachen, wie früher, oder dir die Kugel geben. Du bist zwar intelligenter als ich, das gebe ich zu, aber was nützt dir all deine Intelligenz in deiner derzeitigen Verfassung, kannst du mir das sagen?«

Liebevoll sprach sie auf ihn ein, die Hand auf seinem Knie, dabei neigte sie ihren schönen Körper über ihn, doch er begehrte sie nicht, was ihn verwunderte. Früher hatte er sie nur ansehen müssen, um sie sogleich zu begehren. Er streckte die Hand nach ihrem Négligé aus, aber sofort gebot sie ihm Einhalt:

»Nein. Ich spüre doch, dass du eigentlich keine Lust hast.«

Er lehnte seinen Kopf gegen die Schulter, die sie ihm darbot, und schmiegte sich dicht an sie, vollständig bekleidet, ohne jegliche Regung. Schweigend strich sie ihm übers Haar. Er sah nichts, konnte kaum atmen, weil er die Nase in der Seide vergraben hatte, er fühlte sich elend und war unfähig, sich zu rühren. Er brummte leise, als sie ihn rüttelte:

»Hör mal, Gilles, Arnaut wird gleich da sein. Ich muss mich anziehen, er will mich ausführen in irgend so ein schreckliches Nachtlokal. Aber du kannst ruhig hierbleiben. Und wenn du willst, schicke ich dir Véronique. Eine herrliche Inderin und eine der Begabtesten, die ich kenne. Das wird dich auf andere Gedanken bringen. Bist du immer noch mit dieser Eloïse zusammen?«

Urplötzlich hatte sie den verächtlichen Tonfall angenommen, mit dem Frauen ihre Missbilligung über jede länger andauernde Liaison ihrer verflossenen Liebhaber zu äußern pflegen.

Er nickte.

»Heißt das, du bist einverstanden?«

Er hatte nur den einen Gedanken, sich nicht von der Stelle rühren, sich nicht um fünf Uhr abends ins Getümmel der hastenden Menge stürzen zu müssen, um ein Taxi zu finden.
»Ja«, sagte er.
Fast vergnügt sah er ihr zu, wie sie sich noch etwas auffälliger schminkte, sich umzog und telefonierte. Fast herzlich, doch nicht ohne eine gewisse Herablassung, drückte er dem jungen Arnaut die Hand – wahrlich ein perfekter Galan.
Während er in dieser verschwiegenen Wohnung auf eine Unbekannte wartete, kam er sich in gewisser Weise vor wie die Hauptfigur in einem Kriminalroman. Und das amüsierte ihn sogar ein bisschen. Nachdem die beiden gegangen waren, schlüpfte er in einen Morgenmantel, den irgendein männliches Wesen glücklicherweise vergessen hatte, streckte sich auf der Couch im Wohnzimmer aus, zündete sich eine Zigarette an, schnappte sich eine Illustrierte, stellte ein Glas neben sich auf den Boden, musste nochmals aufstehen, um sich einen Aschenbecher zu holen, musste wieder aufstehen, um den Plattenspieler mit der von Gilda aufgelegten Schnulze leiser zu drehen, musste abermals aufstehen, um das Fenster zu öffnen, weil ihm zu heiß war, nochmals, um es wieder zu schließen, weil er fror, musste sich wieder erheben, weil er seine Zigaretten in Gildas Schlafzimmer vergessen

hatte, wieder aufstehen, um einen Eiswürfel in seinen warmen Whisky kullern zu lassen, und nochmals, um nach dreimaligem Abspielen die Schallplatte zu wechseln, aufstehen, um das Telefon abzuheben und wenigstens einmal zu antworten, und aufstehen, um sich eine neue Illustrierte zu holen. Und als er dann vor Wut über sich selbst vollkommen entnervt war, hörte er es an der Tür klingeln. Eine Stunde war vergangen, und er stand nicht nochmals auf.

5

Jetzt schleppte er sich durch die Straßen, heimwärts, aber auf riesigen Umwegen, weil er weder imstande war, innezuhalten noch nach Hause zu gehen. In seinem Kopf dröhnte es nur noch hohl, jeder schien ihn zu mustern, jeder ihn jämmerlich zu finden, wie er sich selbst ja auch. Mal schien er gar nicht vom Fleck zu kommen, dann wieder überquerte er einen ganzen Platz, ohne es zu merken. Unversehens war er bei den Tuilerien angelangt, und Drieu la Rochelle fiel ihm ein, dessen sogenannter letzter Spaziergang. Fast höhnisch lachte er auf. Sich das Leben nehmen? Dazu besäße er niemals den Mut, selbst dazu fehlte ihm jeglicher Antrieb. Zu seiner Verzweiflung passte jedes Attribut, aber keinesfalls »mutig« oder »romantisch«. Es wäre ihm ehrlich gesagt fast lieber gewesen, wenn es ihn gereizt hätte, sich umzubringen, irgendetwas Extremes zu tun.

Aber vielleicht wird's ja ohnehin so kommen, sagte er sich, wie zur Beruhigung, bestimmt sogar, wenn es noch lange so weitergeht, denn das werde ich nicht aushalten können… Ich selbst werde

etwas tun müssen ... Und über dieses »ich selbst« sann er halb hoffnungsvoll, halb ängstlich nach, als sei es ein fremdes Wesen, dem es gegeben wäre, an seiner Stelle zu handeln. Aber erst später, denn im Augenblick war er nicht in der Lage, einen Revolver zu ergreifen und sich eine Kugel in den Kopf zu jagen oder sich in die dunkelgrüne Seine dort unten zu stürzen. Seinen Tod konnte er sich ebenso wenig vorstellen wie sein Leben, und deswegen stand er einfach da, atmete, existierte, litt.
Plötzlich fröstelte ihn, und er beschloss, sich im Club zu betrinken. Keine sonderlich brillante Lösung, aber so konnte er auch nicht weiterlaufen, die eiskalten Hände in den Taschen seines Regenmantels vergraben, mit all diesen wie elektrisierten Nervensträngen, die seine Hände mit Schultern, Herz und Lunge verbanden. Er würde sich richtig volllaufen lassen, und irgendwer würde ihn nach Hause bringen. Zumindest schlafen könnte er dann. Und Eloïse würde sich um ihn kümmern.
Er betrat den Club, begrüßte den Barkeeper, gab Joël einen freundschaftlichen Stoß in die Rippen, scherzte mit Pierre, winkte zu André, Bill und Zoé hinüber, kurz gesagt, er verhielt sich, wie es sich gehörte, und hockte sich dann trotz mancherlei Zurufe allein an die Bar. Er kippte ein, zwei Scotch hinunter und hatte das Gefühl, es sei Wasser. Da tauchte Thomas auf, sichtlich betrunken. Er, die-

ser Dauergrinser, ließ sich neben ihm nieder. Seit vier Jahren waren sie einander spinnefeind, gingen sich in der Redaktion aus dem Wege. Was es genau gewesen war, wusste Gilles nicht mehr, irgendeine obskure Weibergeschichte im Zusammenhang mit einer Reportage. Sie waren zerstritten, so viel war ihm noch klar. Thomas, klein, schmächtig, eine Spitzmaus mit einer schrillen Stimme, die Gilles auf die Nerven ging.

»Sieh an, der schöne Gilles«, kreischte er dem Kollegen ins Gesicht, sodass Gilles allein schon vor diesem Atemdunst unwillkürlich zur Seite wich. Das hatte ihm gerade noch gefehlt zum Abschluss des Abends.

»Wieso weichst du mir aus? Magst du mich etwa nicht? Sag's doch, wenn du mich nicht leiden kannst…«

Von Ferne machte Pierre ihm Zeichen, Pierre, der abends den Club managte und Gilles nun durch Gesten zu verstehen gab, dass der andere betrunken sei, was allerdings mehr als offensichtlich war. Doch Thomas ließ nicht locker.

»Was ist, mein Hübscher? Willst du mir nicht antworten?«

Und plötzlich, ohne dass man hätte sagen können, ob es Absicht war oder nicht, kippte er sein Glas über Gilles' Hemd. Das Glas zerschellte am Boden, und alle hörten auf zu sprechen.

Und da zerbrach auch etwas in Gilles: Sein ständiges Streben nach Glück, seine Achtung vor den Mitmenschen, seine Selbstbeherrschung. Ihm war, als krachte endlich alles zusammen, mitgerissen und verschüttet von der Wucht seines Zorns, und da sah er sich auch schon auf Thomas einprügeln, der bereits beim ersten Hieb zu Boden gegangen war, der arme Teufel, sah sich kniend in dieses Spitzmausgesicht hineinboxen, in das Leben hineinboxen, in seine Enttäuschung über das Leben, in sich selbst hineinboxen, während ein paar kräftige Hände ihn gewaltsam an den Schultern packten, ihn rückwärts zogen und er immer weiter rang, fast schon schluchzend, bis so etwas wie »tollwütiger Hund« an sein Ohr drang und er einen gezielten Fausthieb ins Gesicht bekam. Als er aufhörte, um sich zu schlagen, wurde es plötzlich totenstill, und er sah in verständnislose und empörte Gesichter, sah, wie der kleine Thomas auf allen Vieren versuchte, sich aufzurappeln und da endlich spürte er das salzige Gemisch von Tränen und Blut auf seinen Lippen. Rücklings schlich er hinaus, und niemand sagte ein Wort zu ihm. Nicht einmal Pierre, sein Saufkumpan aus früheren Zeiten. Es war ja wohl Pierre gewesen, der ihm eine verpasst hatte, und daran hatte er recht getan. Das war schließlich sein Job. Jeder musste irgendwie sein Geld verdienen.

Als er heimkam, hörte er Stimmengewirr. Erstaunt blieb er einen Augenblick auf der Schwelle stehen. Es war fast Mitternacht. Er zog sein Taschentuch heraus und wischte sich das getrocknete Blut vom Mund. Wie Frankenstein wollte er ja nun wirklich nicht auftreten. Früher hätte er der Versuchung nicht widerstehen können, aber Späße dieser Art, die er damals urkomisch fand, hatten ihren Reiz eingebüßt. Jean war da, mit Marthe, seiner Freundin, einer drallen Dunkelhaarigen, einfältig und lieb. Sie saßen im Wohnzimmer, Eloïse schaute aus dem Fenster, zuckte jedoch zusammen, als er eintrat, während Jean ihm betont ruhig entgegenblickte. Doch Marthe schrie auf:

»Großer Gott! Gilles ... was ist Ihnen denn passiert?«

Aha, der Familienrat ist zusammengekommen, dachte er bei sich. Die guten, wahren Freunde machen sich Sorgen, genauso wie die treue Gefährtin ... Und hinzu kommt – was für ein Glück –, dass der Held auch noch verwundet heimkehrt.

Eloïse eilte ins Badezimmer, um blutstillende Watte zu holen.

Er ließ sich in einen Sessel fallen und lächelte. »Ich habe mich geprügelt, das war dumm, wie jede Prügelei. Und weißt du, mit wem? Mit Thomas.«

»Mit Thomas? Sag bloß nicht, Thomas hat dich so zugerichtet.«

Jean lachte so ungläubig wie jemand, der regelmäßig zum Boxen geht.
»Nein«, erwiderte Gilles, »das war Pierre, als er uns getrennt hat.«
Dieser alberne Streit, seine Verbissenheit, seine Lust am Zuschlagen, das alles hatte ihn vorhin urplötzlich überkommen und erschien ihm auf einmal abscheulich. Es reicht doch, wenn ich mir selbst zuwider bin, aber den anderen jetzt auch noch?, dachte er. Er hob die Hand:
»Lassen wir das. Morgen wird man mich in der Redaktion einen Rüpel nennen, aber übermorgen wird's vergessen sein. Was verschafft mir das Vergnügen eurer Anwesenheit?«
Diese Frage richtete er an Marthe, die zwar keine Antwort gab, ihn aber liebenswürdig anlächelte. Jean hatte ihr sicher gesagt: »Gilles ist momentan etwas durcheinander«, und nun betrachtete sie mit Interesse diesen Mann, der etwas durcheinander war, eine Situation, die für sie sichtlich schwer zu begreifen war. Und schon war Eloïse wieder da, mit der gestrengen Miene, die Frauen annehmen, wenn sie die Krankenschwesterrolle spielen, und bog Gilles Kopf unsanft nach hinten:
»Halt still! Das brennt jetzt ein bisschen, aber gleich ist's vorbei.«
Aha, nun spielt sie die Mutterrolle: Mein Kleiner hat mal wieder Dummheiten gemacht, mokierte

sich Gilles insgeheim. Was sollten bloß all diese albernen Komödien? Vorhin die Szene mit seinen enttäuschten Kumpanen: Man schlägt keinen Knirps. Und jetzt die Rückkehr ins traute Heim, wo eine Verschwörung im Gange ist, natürlich nur zu meinem Besten. Jean gibt sich betont männlich: Mein Freund hat sich geprügelt – ha, ha, ha –, Eloïse gibt die besorgte Hausfrau, Marthe die Statistin, die nichts zu tun hat, aus dem einfachen Grund, weil sie nichts kann. Sonst stünde sie ja auch neben mir, um für Eloïse den Flakon mit dem 90-prozentigen Alkohol zu halten.

In der Tat, das brannte arg. Er knurrte.

»Also, was hat Daniel dir erzählt?«, fragte Jean.

»Daniel?«

»Der Arzt.«

»Hast du ihn denn nicht längst angerufen?«

Bosheit steckte hinter dieser so leicht hingeworfenen Frage, eine Anspielung auf Jeans Verhalten ihm gegenüber – seit eh und je väterlich, fürsorglich und leicht übergriffig –, und als er merkte, dass Jean rot wurde, wusste er, dass er ins Schwarze getroffen hatte. Jean machte sich also tatsächlich Sorgen um ihn. Und das flößte ihm plötzlich Angst ein, eine animalische, fürchterliche Angst. Würde er in der Klapsmühle enden?

»Doch«, erwiderte Jean mit der frömmlerischen Miene eines Mannes, der nicht lügen will, weil er

weiß, dass es dazu zu spät ist, »doch, ich habe ihn angerufen.«
»Hast du dir Sorgen gemacht?«
»Ja, ein bisschen. Aber er hat mich beruhigt.«
»Und weil er dich beruhigt hat, bist du um Mitternacht hier in meiner Wohnung?«
Jetzt wurde es sogar Jean zu viel:
»Ich bin hier, weil Eloïse wusste, dass du um vier Uhr beim Arzt warst, dann aber nichts mehr von dir gehört hat und in heller Aufregung war. Also bin ich hergekommen, um ihr Gesellschaft zu leisten und sie zu beruhigen. Wie Daniel mir sagte, bist du nervös, abgespannt und depressiv wie neun Zehntel aller Pariser und hast folglich keinerlei Grund, andere in Ängste zu stürzen und dich in Nachtklubs mit Thomas oder sonst wem zu prügeln.«
Nach einem kurzes Schweigen sagte Gilles lächelnd:
»Ja, Papa. Und sonst hat er dir nichts gesagt, dein Freund?«
»Dass du Luftveränderung brauchst.«
»Oho … die Redaktion wird mir also eine Kreuzfahrt zu den Bahamas spendieren? Wirst du's dem Chef vorschlagen?«
Er spürte, wie dumm und bösartig das Ganze war und alles andere als witzig, konnte aber doch nicht aufhören.

»Es soll sehr schön sein auf den Bahamas«, warf Marthe, die Ahnungslose, ein. Und als Jean dieses mondäne Gefasel mit einem wütenden Blick quittierte, hätte Gilles beinahe laut losgelacht.
Er biss sich auf die Lippen, was sehr wehtat, spürte aber, wie der Lachreiz in ihm hochstieg, so unabwendbar wie vorhin die Lust sich zu prügeln. Er unternahm einen verzweifelten Versuch, ihn zu unterdrücken, holte tief Luft, aber Marthes Satz, den er unwiderstehlich komisch fand, ging ihm nicht aus dem Kopf. Er hüstelte, schloss die Augen und prustete plötzlich los.
Er lachte und lachte, bis er kaum mehr Luft bekam. »Die Bahamas, die Bahamas«, stieß er wie zur Entschuldigung zwischen zwei Lachsalven hervor. Und wenn er die Augen aufmachte und die drei Anderen vor sich sah, die betreten dreinschauten, musste er nur noch mehr lachen. Die kleine Wunde am Mund war wieder aufgeplatzt, er spürte, dass ihm Blut übers Kinn rann, und irgendwie kam ihm wohl auch der Gedanke, dass er wie ein Irrer wirken musste, wie er da um Mitternacht blutend und vor Lachen schluchzend in einem Kordsamt-Sessel hing. Alles war absurd und urkomisch geworden … Der ganze Tag … und erst der Nachmittag, mon dieu! Wie ein Pascha hatte er in einem fremden Morgenmantel auf eine Frau gewartet und sie dann nicht einmal hereingelassen … Wenn er das Jean

bloß erzählen könnte … Aber es schüttelte ihn vor Lachen, er brachte keinen Ton heraus … Er stöhnte vor Lachen. Eine Farce, das Leben war eine Farce, wieso lachten sie eigentlich nicht mit, die anderen?
»Hör auf«, sagte Jean. »Hör endlich auf …«
Jetzt wird er mich bestimmt gleich ohrfeigen, schoss es Gilles durch den Kopf. Er glaubt, das sei angebracht in solchen Fällen. Alle glauben, dass es in jeder Lebenssituation etwas ganz Bestimmtes zu tun gilt. Wer zu viel lacht, bekommt eine Ohrfeige, wer zu viel weint, wird ruhig gestellt – oder auf die Bahamas geschickt …
Aber Jean ohrfeigte ihn nicht. Er hatte nur, nachdem die Frauen ins Schlafzimmer geflüchtet waren, das Fenster weit geöffnet, und da beruhigte sich auch Gilles. Er wusste selbst nicht mehr, warum er hatte lachen müssen. Wie er auch jetzt nicht wusste, wieso ihm unaufhörlich und immer wieder warme, sanfte Tränen übers Gesicht liefen und wieso Jeans Hand, die ihm ein blaues Einstecktuch mit granatrotem Karo hinhielt, so heftig zitterte.

Zweiter Teil

Limoges

1

Er lag bäuchlings ausgestreckt im Gras und beobachtete, wie dort hinten, über dem Hügel, die Sonne emporstieg. Seit er hier war, wachte er regelmäßig zu früh auf und schlief insgesamt schlecht, weil die Ruhe auf dem Land ihn ebenso zermürbte wie die Hektik in Paris. Das wusste auch seine Schwester, bei der er wohnte, und sie empfand es insgeheim als Beleidigung. Kinderlos, wie sie war, hatte sie in Gilles immer eine Art Sohn gesehen. Und dass es ihr in vierzehn Tagen nicht gelungen war, ihn, wie sie sagte, »wieder auf die Beine zu bringen«, zeugte aus ihrer Sicht von seiner unverhohlenen Missachtung des Limousin, der guten Landluft und der Familienbande ganz allgemein. Von »Depressionen« hatte sie natürlich auch schon gehört, das stand ja in den Zeitungen, aber in ihren Augen ähnelte so etwas doch eher einer Marotte als einer Krankheit. Odile, die sich nun schon seit vierzig Jahren gleichermaßen hingebungsvoll ihren Eltern, dann ihrem Ehemann und der Führung des Haushalts gewidmet hatte, war zwar völlig phantasielos, aber voller Herzensgüte, und konnte es beim besten Willen nicht fassen, dass Ruhe, dicke Beefsteaks und Fußmärsche nicht jede Unpässlichkeit zu beseitigen vermochten. Aber Gilles wurde zusehends dünner und schweigsamer, verließ manchmal sogar fluchtartig den Raum, wenn sie mit Florent, ihrem Mann, über Dinge zu plaudern begann, die sich kürzlich ereignet hatten. Und wenn sie gar beiläufig den Fernseher einschaltete, den sie gerade erst angeschafft hatten und der – ein Wunderding – sogar zwei Programme zur Auswahl anbot, dann schloss er sich doch glatt in seinem Zimmer ein und tauchte erst am nächsten Morgen wieder auf. Rätselhaft war er schon immer gewesen, aber so wie diesmal ... richtig zerrüttet hatte ihn dieses Paris. Armer Gilles ... Manchmal strich sie ihm übers Haar, und merkwürdigerweise ließ er es geschehen, hockte sich, wenn sie strickte, sogar schweigend neben sie auf den Boden, als verschaffte ihm ihre Gegenwart eine gewisse Erleichterung. Dann erzählte sie ihm so mancherlei, das, wie sie spürte, ihn zwar nicht interessierte, aber doch wohl beruhigte, weil es etwas war, das Bestand hatte: die Jahreszeiten, die Ernten, die Nachbarschaft.

Den Entschluss fortzugehen hatte er am Morgen nach jenem quälenden Tag in Paris gefasst, und da er eigentlich nur noch Schulden hatte und außerdem vor jedem Unbekannten angstvoll zurückschreckte, war er zu Odile ins schon leicht baufällige Elternhaus geflohen, das sie geerbt hatten und wo seine Schwester seither mit ihrem Mann wohnte, dem sanftmütigen Florent, der Notar war, aber offensichtlich weder fähig, Geld zu verdienen noch Nachwuchs zu zeugen. Und so lebten sie, bescheiden und alles andere als zeitgemäß, von ein paar Pacht- und Zinseinkünften. Natürlich wusste er, dass er sich dort tödlich langweilen, aber zumindest auch Schutz vor sich selbst finden würde, vor diesen peinlichen Anfällen, die, das spürte er, immer häufiger auftreten würden, wenn er in Paris bliebe. Und falls er sich hier auch einmal auf dem Boden wälzen sollte, dann sähen es wenigstens nur die Lämmer des Limousin, die Derartiges weniger schockieren dürfte als seine Freunde oder seine Geliebte. Der Gedanke, seine Schwester um sich zu haben, eine Blutsverwandte, bei der man sich keinerlei Zwang auferlegen musste, erschien ihm fast schon wie ein Segen, jetzt, da ihm jegliche Gefühlsregung und Gefühlsbezeugung ein Gräuel war. Dort würde er sich nichts vorzuwerfen haben, sich vor niemandem schämen müssen. Er überließ Eloïse seine Wohnung, Jean die Redaktion und versprach beiden hoch und heilig, in einem Monat gesund zurückzukehren. Das war nun schon zwei Wochen her, und er war restlos verzweifelt. Dass die Landschaft schön war, wusste er, empfand es aber nicht, auch das Haus war ihm vertraut, aber er lief darin herum, ohne sich heimisch zu fühlen, und jeder Baum, jede Mauer, jeder Flur schien ihm zuzurufen: Einst warst du glücklich hier, fühltest dich wohl. Dabei schlich er verstohlen durch Alleen und Flure wie ein Dieb, ein Dieb, dem man alles gestohlen hatte, selbst seine Kindheit.

Die Sonne war jetzt da, begann die Wiese zu überfluten, und Gilles rieb sein Gesicht im feuchten Gras, sog einmal, zweimal langsam den Duft der Erde ein und versuchte ganz gezielt, jenes himmlische Glück, das er früher dabei empfunden hatte, wieder heraufzubeschwören. Aber selbst solch harmlose Freuden ließen sich nicht herbeizitieren, und so sah er sich angewidert dabei zu, wie er den Naturliebhaber mimte, vergleichbar mit einem ehemals leidenschaftlichen und mittlerweile abgestumpften Liebhaber, der, im Bett mit der einst heißbegehrten Frau, noch immer die gleichen Worte und Gesten benutzt, jedoch mit leerem Herzen und voller Bestürzung. Er stand auf, stellte verärgert fest, dass sein Pullover ganz nass war, und ging zum Haus zurück.

Es war ein altes graues Steinhaus mit blau schimmerndem Dach und zwei kleinen kuriosen Giebelaufsätzen, einer Terrasse vorne und einem Hügel hinten – ein typisches Haus des Limousin, in dem es immer, unabhängig von der Jahres- oder

Uhrzeit, nach Lindenblüten, Sonne und warmen Sommerabenden duftete. So kam es ihm zumindest vor, selbst in diesem morgendlichen Licht, als er fröstelnd die Küche betrat, wo Odile, die bereits aufgestanden war, im Morgenrock damit beschäftigt war, den Kaffee aufzubrühen. Er gab ihr einen Kuss und sie brummelte etwas von Lungenentzündung, die man sich leicht holen könne, wenn man sich im taunassen Gras herumwälze. Trotzdem fühlte er sich wohl in ihrer Nähe, er sog den Duft ihres Eau de Cologne, des Kaffees und des Holzfeuers im Kamin ein, und gerne hätte er mit dem großen, fuchsroten Kater getauscht, der sich jetzt auf der Truhe zu räkeln begann und sich allmählich bequemte, wach zu werden. Das Leben, Gott, mein Gott, es ist ja da, so schlicht, so still, dachte er. Zu dumm, dass er sich nicht länger als ein paar Minuten an derlei Klischees klammern konnte und sein Leben, seine Obsessionen ihn sofort wieder einholten wie eine blutrünstige Meute, die dem Hirsch eine dreiminütige Verschnaufpause lässt, nur damit die Jagd noch länger dauert.
In diesem Moment kam Florent herein, auch er noch im Morgenmantel. Er war eher untersetzt und rundlich wie seine Frau, hatte aber riesige wässrig-blaue Augen, die in seinem pausbäckigen Gesicht gänzlich unpassend wirkten. Dazu kam seine sonderbare Angewohnheit, alles, was er sagte,

durch Gesten zu unterstreichen: Sprach man über den Krieg, schlug er die Hände vors Gesicht, ging es um Liebe, legte er den Finger auf die Lippen. Als er nun Gilles in der Küche vorfand, begrüßte er ihn mit hoch erhobenem Arm, als seien sie hundert Meter voneinander entfernt.

»Gut geschlafen, mein Lieber? Schön geträumt?« Und er zwinkerte ihm komplizenhaft zu, denn für ihn war sonnenklar, dass Gilles' Zustand nichts weiter als das Ergebnis einer banalen und unglücklichen Weibergeschichte war. Es hatte auch nichts genützt, dass Gilles dies immer wieder vehement abstritt. Aus Florents Sicht war Gilles doch der geborene Verführer, der eben diesmal den Kürzeren gezogen hatte. Daher rief er dem Schwager, wenn er ihn zum Beispiel niedergeschlagen in einem Sessel kauernd antraf, betont heiter zu: »Eine verloren, zehn gewonnen«, wobei er alle zehn Finger spreizte und heftig gestikulierte, woraufhin Gilles, zwischen Lachanfall und Wutausbruch hin- und hergerissen, dann nichts erwiderte, obwohl es ihm, wenn er es recht bedachte, eigentlich Vergnügen bereitete, derart missverstanden zu werden. Es tröstete ihn gewissermaßen, da es ja durchaus hätte wahr sein können. Beließ man die Dinge im Ungewissen, wurden sie erträglicher. So, als ob jemand, der mit Gelbsucht tief in den Kissen vergraben liegt und nur der quittegelbe Kopf herausschaut, von einem Freund zu hören bekommt, er hätte ja leider auch schon ein paar kahle Stellen.

»Wie spät ist es?«, fragte Florent frohgemut. »Acht Uhr? Was für ein schöner Tag! ...«

Fröstelnd wandte Gilles sich zum Fenster hin. Wahrlich ein toller Tag, der ihm bevorstand! Nachher würde er mit seiner Schwester zum Einkaufen ins Dorf fahren, Zeitungen und Zigaretten besorgen, wieder zurückkommen, auf der Terrasse bis zum Mittagessen lesen, vergeblich versuchen, eine Siesta einzulegen, dann lustlos einen Waldspaziergang machen, nach seiner Rückkehr, noch vor dem Abendessen, mit Florent einen Whisky trinken und dann früh, sehr früh zu Bett gehen, damit seine Schwester endlich den Fernseher einschalten durfte, was sie seit acht Uhr kaum mehr erwarten konnte. Warum er sich so vehement dagegen sträubte, wusste er eigentlich selbst nicht. Mit welchem Recht versagte er seiner Schwester dieses harmlose Vergnügen, fragte er sich in einem kurzen Aufblitzen von Reue. Nur weil er selbst es tödlich langweilig fand? Besonders abwechslungsreich war ihr Leben doch wirklich nicht.

»Heute Abend werde ich mit euch fernsehen«, sagte er, ihr zugewandt.

»Heute Abend bestimmt nicht«, entgegnete sie. »Wir sind doch, wie ich dir neulich schon gesagt hatte, bei den Rouargues eingeladen.«

»Dann werde ich eben allein fernsehen«, scherzte er.
»Du bist wohl verrückt«, empörte sich Odile. »Du kommst mit! Madame Rouargue hat es eigens betont. Sie kennt dich seit deinem fünften Lebensjahr.«
»Ich bin aber nicht hierhergekommen, um abends auszugehen«, schrie er, von Entsetzen gepackt. »Ich bin hierhergekommen, um mich zu erholen. Ich komme nicht mit, basta!«
»Und ob du mitkommst … du Rüpel … du herzloser Hallodri …«
Jetzt brüllten sie beide, brüllten sich an wie früher als Kinder, und der verschreckte Florent versuchte sie zu beschwichtigen und verstärkte vergeblich seine Gesten mit erhobenen Armen, wie ein Dirigent, dem alles zu laut wird, dann wieder wie ein überzeugter Prediger mit erhobenem Zeigefinger. Doch nichts fruchtete. Geschlagene fünf Minuten lang wurde alles Mögliche heraufbeschworen: die Mutter, Gilles' Lotterleben, die Gebote des Anstands und Odiles schon immer offenkundige Beschränktheit. Als Gilles diesen Trumpf ausspielte, brach Odile in Tränen aus. Florent schloss sie in die Arme, doch nicht ohne zuvor dem Schwager einen geradezu drolligen Boxhieb angedroht zu haben. Gilles, verdutzt und betreten, schlang reumütig ebenfalls seine Arme

um die Schwester und schwor ihr, sie überallhin zu begleiten. Und dafür wurde er dann auch mit der Feststellung belohnt, er sei ja trotz allem doch ein guter Kerl. Und so nahmen sie um acht Uhr abends gemeinsam Platz in Florents altem Citroën, den er so eigenwillig chauffierte, dass Gilles während der dreißig Kilometer bis Limoges keine Zeit fand, um etwas anderes zu bangen, als um sein nacktes Leben.

2

In Limoges gab es noch ein paar von den blauen Salons, die immer seltener wurden, und der Salon der Rouargues war einer der letzten. Jahre zuvor schien nämlich die ganze Stadt einer Marotte anheimgefallen zu sein: blauer Samt als Innendekoration. Und in gewissen Häusern war er noch immer vorhanden, wenn auch wohl meistens aus finanziellen Gründen. Als Gilles nun den Salon der Rouargues betrat, hatte er daher gleich das Gefühl, wieder von seiner Kindheit eingeholt zu werden: Die ewig gleichen Nachmittagseinladungen, die unzähligen langweiligen Stunden, wo man artig auf einem Hocker auf die Eltern zu warten hatte und vor verschossenem Blau vor sich hin träumte! Doch schon drückte ihn die Hausherrin, rosige Wangen und weiße Haut, an ihren Busen.

»Gilles … mein lieber Gilles … zwanzig Jahre ist es her, dass ich Sie nicht gesehen habe … aber Ihre Artikel, das sollen Sie wissen, die lesen wir immer, mein Mann und ich, wir verlieren Sie nicht aus den Augen … Natürlich können wir nicht alles automatisch gutheißen, denn ein wenig reaktionär waren wir ja schon immer«, fügte sie hinzu, als wollte sie auf einen kleinen Makel hinweisen, »aber Ihre Karriere verfolgen wir durchaus... Werden Sie länger hier bleiben?... Odile sprach von einer leichten Anämie?... Wie schön, dass Sie heute bei uns sind! ... Kommen Sie, ich möchte Sie all meinen Gästen vorstellen.«

Sie hatte ihn überrumpelt, mundtot gemacht, und so musste er sich von dieser alten Dame abküssen, betätscheln, belobigen lassen. Der Salon war voller Menschen, alle standen, nur drei alte Herren saßen wie festgenagelt auf ihren Stühlen. Gilles spürte, wie die Panik in ihm hochstieg. Er warf seiner Schwester einen wütenden Blick zu, doch diese segelte in ihrer Begeisterung durch den Salon und umarmte reihum auch ihr völlig Unbekannte.

Wie lange war ich eigentlich nicht mehr hier?, fragte sich Gilles. Seit Vaters Tod, oh Gott, das ist fünfzehn Jahre her! Was soll ich eigentlich hier?

Er folgte der alten Dame, neigte sich über ein Dutzend Hände, drückte ein Dutzend andere, zwang sich jedes Mal zu einem Lächeln, sah diese unbekannten Gesichter jedoch nur flüchtig an, obgleich etliche Damen hübsch und elegant gekleidet waren. Schließlich flüchtete er sich in die Nähe eines der drei sitzenden Herren, der sich als alten Freund seines Vaters bezeichnete und ihn nun nach seiner Meinung zur aktuellen politischen Lage fragte,

sie ihm aber sogleich selbst zu erklären begann. Gilles hatte sich leicht hinunter gebeugt und gab sich den Anschein, dem alten Herrn zuzuhören, als Madame Rouargue ihn am Ärmel fasste.
»Edmond, Sie können unseren jungen Freund doch nicht so vereinnahmen. Kommen Sie, Gilles, ich möchte Sie mit Madame Sylvener bekannt machen. Nathalie, dies ist Gilles Lantier.«
Gilles wandte sich um und sah sich einer hochgewachsenen, bildschönen Frau gegenüber, die ihn anlächelte. Sie sah ihn aus grünen Augen unverfroren an, ihr Gesicht, umrahmt von rotem Haar, verriet einen gewissen Hochmut, aber auch Warmherzigkeit. Sie lächelte, sagte mit dunkler Stimme »Guten Abend« und entfernte sich sogleich wieder. Irritiert blickte er ihr nach, dieser geradezu gleißenden Lichtgestalt, die so gar nicht in den kleinen, altmodischen, verblassten blauen Salon zu passen schien.
»Das ist eine Prestigefrage«, hub der redselige Edmond von Neuem an. »Ach so, die schöne Madame Sylvener hat's Ihnen angetan? Die Königin unserer Stadt … Tja, wäre ich noch so jung wie Sie! … Um aber auf die Außenpolitik zurückzukommen, ein Land wie das unsrige …«
Das Dîner zog sich endlos in die Länge. Gilles, am anderen Ende der Tafel platziert, fing von Zeit zu Zeit einen Blick der schönen Madame Sylvener auf,

einen ruhigen, wohlbedachten Blick, der zu ihrem sonstigen Benehmen eher nicht zu passen schien, denn sie redete viel, und alle um sie herum lachten viel, was Gilles mit leichter Ironie konstatierte. Sie schien sich wirklich wie die Königin des Limousin zu fühlen und diesem Unbekannten aus Paris, der auch noch Journalist war, imponieren zu wollen.
Ein netter Zeitvertreib, hätte er sich früher gedacht, ein zweiwöchiges Techtelmechtel mit der Gattin eines Provinzbeamten, das er später in Balzac'scher Manier den Freunden hätte schildern können. Doch das reizte ihn jetzt überhaupt nicht. Er starrte auf seine Hände, wie sie da dürr und nutzlos auf dem Tischtuch lagen, und hatte nur den einen Wunsch – diesen Ort zu verlassen.
Als das Essen endlich vorbei war, drängte er sich wie ein Kind an seine Schwester heran, die, als sie seine angespannten Gesichtszüge, seine zitternden Hände und den fast flehenden Blick in seinen Augen sah, zum ersten Mal wirklich Angst um ihn bekam. Sie verabschiedete sich von Madame Rouargue, zog den leicht beschwipsten Florent hinter sich her, damit sie drei, soweit das in einem Provinzsalon überhaupt möglich war, ohne Aufsehen zu erregen, die Gesellschaft verlassen konnten.
Als Gilles dann zitternd und zusammengesackt hinten im Auto saß, kaute er gar an seinen Finger-

nägeln. Nie mehr, das schwor er sich, würde er sich auf solch ein Abenteuer einlassen.

Nathalie Sylvener indes liebte ihn, kaum dass sie ihn erblickt hatte.

3

GILLES ANGELTE oder sah Florent vielmehr gelangweilt dabei zu, wie dieser mit tausenderlei Tricks und ekelerregenden Maden Fische zu überlisten versuchte, die jedoch viel schlauer waren als er. Es ging schon auf Mittag zu, und die Luft war schön warm, sie hatten ihre Pullover ausgezogen, und zum ersten Mal seit langer Zeit überkam Gilles eine Art Wohlbehagen.

Das Wasser war erstaunlich klar, er lag auf dem Bauch, betrachtete die runden Kiesel auf dem Grund und den fröhlichen Reigen der Fische, die auf den Angelhaken zusteuerten, vorsichtig den Köder ablösten und begeistert sofort wieder kehrtmachten, während Florent, lauthals fluchend, die Rute hochriss, an der nichts, aber auch gar nichts hing.

»Deine Köder sind zu dick«, sagte Gilles.

»Sie sollen speziell für Gründlinge sein«, knurrte Florent wütend. »Versuch's doch selbst, anstatt hämisch zu grinsen.«

»Besten Dank, darauf kann ich gut verzichten. Aber sieh mal, wer kommt denn da?«

Erschrocken sprang er auf. Ein weibliches Wesen kam den Pfad herunter, direkt auf sie zu. Seine Augen suchten nach einem Versteck, aber die Wiese am Fluss war völlig eben und bot keinerlei Schlupfwinkel. Er erkannte die Frau mit dem in der Sonne flammenden Haar, und da rief auch schon Florent, heftig errötend:
»Aber das ist ja Nathalie Sylvener!«
»Bist du etwa verliebt in sie?«, spöttelte Gilles. Doch der empörte Blick, der ihn traf, ließ ihn sofort wieder verstummen.
Jetzt war sie schon fast bei ihnen. Sie sah hinreißend aus im Sonnenlicht, wie sie da aufrecht und lächelnd vor ihnen stand und das Grün ihrer Augen noch stärker hervorstach als neulich am Abend.
»Odile schickt mich. Ich hatte ihr versprochen, gelegentlich vorbeizuschauen – und das habe ich heute getan. Zufrieden mit dem Fang?«
Beide Männer waren aufgestanden, und Florent wies mit kläglicher Miene auf seinen Eimer mit einem einzigen verendenden Fisch. Hellauf lachend wandte sie sich an Gilles:
»Und Sie? Beschränken Sie sich aufs Zuschauen?«
Er lachte, ohne zu antworten. Sie setzten sich alle drei ans Wasser, dicht an dicht. In ihrem braunen Lederrock mit dem farblich passenden Pullover und den flachen Schuhen wirkte sie viel jünger als neulich. Weniger bedrohlich. Gilles schätzte sie

auf etwa fünfunddreißig. Sie wirkte auch weniger einschüchternd als neulich, oder er empfand sie vielmehr nicht mehr als ganz so fremd.
»Beweisen Sie mir doch einmal Ihr Anglertalent«, sagte sie zu Florent. Und die gleiche Szene wiederholte sich. Sie sahen erschrocken, wie rasch der Korken in der Tiefe versank, doch als Florent mit einem Ruck die Rute hochriss, war der daran baumelnde Haken wieder leer. Gilles lachte laut auf, Florent schleuderte seine Angel zu Boden, als wollte er sie jetzt gleich zertrampeln.
»Ich bin's leid, ich gehe heim. Ich könnte uns einen Porto-Flip machen, wenn's recht ist.«
»Einen Porto-Flip?«, fragte Gilles erstaunt. »Gibt's das noch?«
Sie witzelten noch ein Weilchen, während sie Florent zusahen, wie er, mit zwei Ruten, Klappstuhl, Eimer und Angeltasche beladen, mühsam den Weg hinaufstapfte, doch als er verschwand und ihnen bewusst wurde, dass sie allein waren, fühlten sie sich plötzlich gehemmt. Gilles rupfte einen Grashalm aus und steckte ihn sich zwischen die Zähne. Er spürte den Blick, der ihn fixierte, und flüchtig kam ihm der Gedanke, dass er vielleicht nur die Hand auszustrecken brauchte, um sich – wer weiß? – eine Ohrfeige oder einen Kuss zu holen. Dass irgendetwas geschehen würde, war ihm klar. Allerdings war er solche zweideutigen Situationen schon längst

nicht mehr gewohnt. In Paris flog einem doch alles zu, alles war eindeutig, überdeutlich. Er hüstelte und blickte hoch. Nachdenklich sah sie ihn an, genau wie bei diesem verdammten Dîner vorgestern.
»Sind Sie eng mit meiner Schwester befreundet?«
»Nein. Ehrlich gesagt, war sie ziemlich verblüfft, als ich plötzlich aufgekreuzt bin.«
Mehr sagte sie nicht, und Gilles dachte bei sich: Aha, dann wäre es doch wohl eher ein Kuss … In der Provinz lässt man sich offenbar auch nichts entgehen. Aber in Gegenwart dieser Frau verpuffte sogar sein Zynismus.
»Warum sind Sie dann gekommen?«
»Um Sie zu sehen«, erwiderte sie seelenruhig. »Sie haben mir gleich gefallen, neulich abends. Ich wollte Sie wiedersehen.«
»Wie nett von Ihnen.«
Was sie da so unbefangen und ruhig sagte, irritierte Gilles und brachte ihn aus dem Konzept.
»Als Sie neulich so abrupt verschwanden, ging das Geschnatter sofort los: Wer Sie sind, wie Sie leben, Ihre zerrütteten Nerven, spannend war das. Für Provinz-Freudianer ist so etwas immer spannend.«
»Und welche Symptome wollten Sie sich nun ansehen?«
Man redete also über ihn wie über einen Kranken, und dass sie es ihm so arglos zutrug, machte ihn fuchsteufelswild.

»Ich sagte doch, dass ich Ihretwegen gekommen bin, um Sie zu sehen, Sie, nicht Ihre Krankheit, die interessiert mich überhaupt nicht. Kommen Sie, Ihr Porto-Flip wartet.«

Sie war aufgesprungen, während er noch im Gras liegen blieb. Diese Unterbrechung war ihm plötzlich gar nicht recht. Schmollend betrachtete er sie durch gesenkte Wimpern hindurch, wohl wissend, dass dieser Gesichtsausdruck meist Wirkung zeigte. Und tatsächlich fiel sie unvermittelt neben ihm auf die Knie, umfasste seinen Kopf mit den Händen und lächelte ihn an, ganz nah, sehr geheimnisvoll.

»Bloß zu mager sind Sie«, sagte sie.

Wie erstarrt blickten sie einander an. Wenn sie mich jetzt küsst, dachte Gilles, dann ist alles vorbei, dann werde ich sie nicht mehr wiedersehen können. Aber das wäre schade. All diese dummen Gedanken schossen ihm durch den Kopf, und plötzlich spürte er sein Herz heftig schlagen. Doch sie war schon wieder aufgesprungen und, ohne ihn anzusehen, klopfte sie sich den Staub vom Rock. Also erhob er sich und folgte ihr. Als er kurz stehen blieb, wandte sie sich nach ihm um.

»Sagen Sie mal, Sie sind nicht zufällig ein wenig verrückt, nein?«

Ihr plötzlich ernster Gesichtsausdruck machte sie um zehn Jahre älter. Sie schüttelte den Kopf:

»Nein, ganz und gar nicht.«

Ohne ein weiteres Wort gingen sie auf das Haus zu, wo eisgekühlte Porto-Flips ihrer harrten sowie Odile mit vor Aufregung rosigen Bäckchen – Nathalie war ja schließlich eine Berühmtheit – und Florent, der eine saubere Jacke angezogen hatte. Nathalie blieb noch eine halbe Stunde, gab sich ausnehmend charmant und redselig. Und dann begleitete Gilles sie zu ihrem Wagen. Morgen Nachmittag würde sie ihn abholen, da er ja unbedingt die Matisse-Ausstellung sehen wollte. Woraufhin Gilles den Rest des Tages mit düsterer und grimmiger Miene herumlief und noch früher schlafen ging als sonst. Was habe ich mir da bloß eingebrockt? Wieso habe ich mir diese Frau aufgehalst? Enden wird das Ganze ja doch nur in irgendeiner Provinz-Absteige, einem schäbigen Stundenhotel bei Limoges. Garantiert werde ich im entscheidenden Moment im Bett wieder versagen und mich obendrein vorher auch noch zwei Stunden in einem Museum langweilen. Ja, bin ich denn verrückt geworden? Er erwachte sehr früh, musste gleich wieder daran denken, und dabei hämmerte sein Herz vor Entsetzen. Der wohligen Muße, die bisher seine Tage bestimmt hatte, konnte er jetzt nur noch verbittert nachtrauern. Und da das Haus keinen Telefonanschluss besaß, war es auch nicht möglich, Nathalie abzusagen. Folglich wartete er.

4

»Na, sind Sie jetzt zufrieden?«

Schwitzend, außer Atem, gedemütigt, hatte er sich wieder auf den Rücken gewälzt. Die Demütigung war besonders schlimm, weil unnötig, denn schließlich war *er* es gewesen, der sie ins Bett geschleift hatte, nachdem sie in diesem Gasthof einen Tee getrunken hatten und er anschließend dem Wirt gegen ein überaus großzügiges Trinkgeld dieses schäbige Zimmer abgeluchst hatte. Sie hatte keine Miene verzogen, als er es ihr gesagt hatte, keinerlei Protest erhoben und auch nichts unternommen, um ihm zu helfen, als er sich vergeblich über ihr abmühte. Jetzt lag sie neben ihm, nackt, ruhig, wie unbeteiligt.

»Wieso sollte ich zufrieden sein? Sie sehen so wütend aus.«

Sie lächelte, während er aufbrauste:

»Das ist schließlich nicht angenehm für einen Mann!«

»Für eine Frau auch nicht«, erwiderte sie seelenruhig. »Aber du wusstest doch schon vorher, dass es so kommen würde, und ich übrigens auch. Du

hast absichtlich dieses Zimmer genommen. Die Versager-Rolle hat dich gereizt, stimmt's?«
Ja, es stimmte. Er ließ seinen Kopf auf ihre nackte Schulter sinken und schloss die Augen. Plötzlich fühlte er sich erschöpft und dennoch wohl, so als hätte er wirklich mit ihr geschlafen. Dieses Zimmer mit seinen geblümten Vorhängen und der geschmacklosen Truhe war, wie er selbst, wie die ganze Situation, ungewöhnlich, seltsam unzeitgemäß, nicht zu erklären.
»Wenn du es doch schon wusstest, warum hast du dich dann überhaupt darauf eingelassen?«, fragte er wie in Trance.
»Ich glaube, dass ich mich bei dir auf so manches einlassen werde.«
Nach kurzem Schweigen murmelte sie: »Erzähl«, und er erzählte. Alles: Paris, Eloïse, die Freunde, die Arbeit, die letzten Monate. Jahre, so schien es ihm, würde er brauchen, um alles zu erzählen. Um dieses »Nichts« zu beschreiben.
Schweigend hörte sie ihm zu, zündete nur von Zeit zu Zeit zwei Zigaretten an und hielt ihm eine davon hin. Es schien sie auch nicht zu kümmern, dass es inzwischen wohl schon sechs oder sieben Uhr abends war. Sie berührte ihn nicht, strich ihm auch nicht übers Haar, verharrte reglos dicht neben ihm, obwohl ihre Schulter mittlerweile bestimmt steif geworden war.

Irgendwann verstummte er, wohl ein wenig beschämt, und stützte sich auf den Ellenbogen, um sie zu betrachten. Ohne sich zu bewegen, sah sie ihm in die Augen, ernst und konzentriert, und plötzlich lächelte sie ihn an. Diese Frau ist die Güte in Person, dachte Gilles, so viel Herzensgüte, das ist kaum zu glauben. Der Gedanke, dass es eine solch gütige, selbstlose Seele tatsächlich gab, wie auch der Gedanke, dass sich jemand derart uneigennützig für ihn interessierte, trieb ihm die Tränen in die Augen. Er senkte den Kopf, damit sie es nicht sah, und küsste sanft dieses Lächeln, diese Wangen, diese geschlossenen Lider. Und schließlich war er dann auch gar kein Versager mehr. Nathalie klammerte sich mit beiden Händen an seine Schultern.

Viel, viel später sollte er sich daran erinnern, dass es die Erkenntnis ihres gütigen Herzens gewesen war, die ihn dazu befähigt hatte, mit ihr zu schlafen, damals, beim ersten Mal. Und er, der Zuneigung nie erotisch gefunden hatte und, ohne dass es ihm bewusst war, eher durch solche Ausdrücke wie »Hure« erregt wurde, sollte später, viel, viel später, als es längst zu spät war, aufhorchen, wenn von einer Frau gesagt wurde, sie sei eine gute Seele.

Doch jetzt sah er sie erst einmal nur lächelnd an und entschuldigte sich für sein rüdes Verhalten, nicht ohne eine gewisse Befriedigung. Sie stand am Fußende des Bettes, zog sich wieder an und brachte ihn mit einer brüsken Kopfbewegung zum Schweigen:

»Besonders himmlisch war es tatsächlich nicht gerade, aber du fühlst dich jetzt wohl besser, oder? Vom Satan befreit?«

Er fuhr zusammen. War das eine Beleidigung?

»Fühlst du dich immer bemüßigt, so etwas zu sagen?«

»Nein, zum ersten Mal.«

Er lachte und stand ebenfalls auf, es war schon halb acht, bestimmt kam sie zu spät.

»Wieder ein großes Dîner heute Abend?«

»Nein, ich esse zuhause. François macht sich sicher schon Sorgen.«

»Wer ist François?«

»Mein Mann.«

Er erschrak, als ihm bewusst wurde, dass er nicht einmal im Traum daran gedacht hatte, sie könnte verheiratet sein, ja, dass er rein gar nichts von ihr wusste, von ihrem Leben, ihrer Vergangenheit, ihrer gegenwärtigen Situation. Zwar hatte Odile neulich zu einem Vortrag über das Leben »dieser Kreise« angesetzt, doch er hatte nicht zugehört, was ihm jetzt irgendwie peinlich war.

»Ich weiß überhaupt nichts von dir«, murmelte er.

»Noch vor einer Stunde wusste ich auch nichts von dir. Und auch jetzt weiß ich nicht viel mehr.«

Sie lächelte ihn an, und er verharrte, wie versteinert, eine Minute lang regungslos vor diesem Lächeln. Wenn es denn nötig war, musste er jetzt sofort alles abbrechen. Und es war nötig, denn er war unfähig, einen anderen Menschen zu lieben, weil er sich selbst nicht lieben konnte. Sie würde nur unter ihm leiden. Wahrscheinlich hätte ein derber Scherz oder etwas in der Art genügt, damit sie ihn verachtete. Aber schon das widerstrebte ihm, und dieses nachdrückliche, aufrichtige und vielversprechende Lächeln machte ihm Angst, sodass er nur noch stammeln konnte:

»Du musst wissen, dass ich …«

»Ich weiß«, erwiderte sie seelenruhig. »Aber ich bin schon verliebt in dich.«

Eine Sekunde lang begehrte er auf, ja er war sogar empört. So läuft das Spiel doch nicht! Man liefert sich doch nicht Hals über Kopf einem Fremden aus! Sie war verrückt. Und wie sollte er sie erobern können, wenn sie sich schon jetzt hingab? Und wie sollte er überhaupt noch eine Chance haben, sich in sie zu verlieben, wenn sie ihm von Anfang an jeden Zweifel nahm? Sie hatte alles verpatzt! Warf alle Spielregeln über den Haufen. Doch gleichzeitig war er fasziniert von ihrer Freigiebigkeit und Sorglosigkeit.

»Wie kannst du das wissen?«, fragte er genauso ruhig und liebenswürdig. Und als er sie ansah, dachte er plötzlich: Sie ist bildschön, wie für die Liebe geschaffen. Vielleicht machte sie sich ja nur über ihn lustig?

Sie fing seinen Blick auf und lachte:

»Du weißt wohl nicht, wovor du mehr Angst hast, davor, dass es wahr sein könnte oder nicht wahr, stimmt's?« Er nickte, denn insgeheim freute er sich, dass sie es erraten hatte.

»Also gut, es ist wahr. Hast du nie russische Romane gelesen? Da sagt doch auch einer nach zweimaligem Zusammentreffen zum anderen: Ich liebe Sie. Und es stimmt, die Katastrophe, auf die das Ganze am Ende zusteuert, ist damit eigentlich schon vorprogrammiert.«

»Und welche Katastrophe erwartet uns deiner Meinung nach hier in Limoges?«

»Ich weiß es nicht. Aber es interessiert mich auch nicht im geringsten, genauso wenig wie es die russischen Romanhelden interessiert. Los, beeil dich.«

Halbwegs erleichtert verließ er mit ihr den Gasthof: Frauen, die lesen, sind nicht ganz so gefährlich, sie ahnen zumindest, was sie selbst oder den anderen am Ende der Geschichte erwartet. Die Sonne warf bereits lange, schräge Schatten und tauchte das geschnittene Gras in rötliches Gold. Mit einer gewissen Befriedigung betrachtete er das Profil seiner neuen Geliebten. Alles in allem: Sie war schön, die Landschaft ebenfalls, er hatte endlich seine Männlichkeit wieder einmal unter Beweis gestellt, wenn nicht gar eine Glanzleistung geboten, und sie beteuerte, ihn zu lieben. Für einen Neurotiker keine üble Bilanz. Er musste lachen, und schon wandte sie den Kopf zu ihm hin:

»Warum lachst du?«

»Nur so, ich bin froh.«

Ruckartig hielt sie den Wagen an, packte ihn mit beiden Händen an der Jacke und schüttelte ihn so heftig, dass es ihm die Sprache verschlug.

»Sag's noch mal, sag es mir ins Gesicht, dass du froh bist!«

Diesen Ton kannte er noch nicht an ihr, er klang fordernd, herrisch, klang sinnlich, und plötzlich begehrte er sie. Er packte ihre Handgelenke, küsste ihre Hände und sagte gleich mehrmals hintereinander:

»Ich bin froh, ich bin so froh.«

Und da auch seine Stimme anders klang, ließ sie ihn los und warf schweigend den Motor wieder an. Sie sprachen kaum mehr ein Wort, bis sie das Haus erreichten und sie ihn vor dem Gittertor absetzte, ohne ein weiteres Treffen zu vereinbaren. Doch als Gilles später auf seinem Bett lag, fiel ihm wieder ein, wie sie am Straßenrand angehalten hatte. Und schmunzelnd sagte er sich, das habe doch verdammt nach Leidenschaft ausgesehen.

5

Tagelang blieb er ohne Nachricht, was ihn auch nicht erstaunte. Er war eben nichts anderes als ein Zeitvertreib für sie gewesen, ein eher unerfreulicher, und ihr Gerede von Liebe entsprach vielleicht auch nur den sonderbaren bürgerlichen Konventionen, wenn es nicht gar eine Art Manie war. Trotz allem verspürte er eine gewisse Enttäuschung, was seine trübsinnige Grundstimmung noch verstärkte. Er sprach wenig, rasierte sich nur noch jeden zweiten Tag und versuchte, Bücher zu lesen – vermied allerdings russische Autoren.

Am fünften Tag regnete es nachmittags ganz fürchterlich. Schlecht rasiert hatte er es sich auf der Couch im Wohnzimmer bequem gemacht, als sie plötzlich zur Tür hereinkam, allein, und sich neben ihn setzte. Ihr Blick ließ nicht von ihm ab, ihre grünen Augen schienen ihm geweitet, und ihr Wollkleid roch nach Regen. Als sie zu sprechen anfing, klang ihre Stimme zu seiner großen Erleichterung eher gereizt:

»Hättest du nicht anrufen können? Oder vorbeikommen?«

»Ich habe hier weder ein Telefon noch ein Auto«, erwiderte er ungezwungen, doch als er ihre Hand ergreifen wollte, zog sie sie schroff zurück.
»Ich warte schon seit fünf Tagen! Warte seit fünf Tagen auf einen ungewaschenen, unrasierten Kerl, der sich noch dazu mit Kreuzworträtseln die Zeit vertreibt!«
Sie schien tatsächlich rasend vor Zorn, und das heiterte Gilles weitaus mehr auf, als er sich hätte vorstellen können. Dabei hatte er diesmal merkwürdigerweise nicht den Eindruck, sie besonders klug manipuliert zu haben, nein, er hatte sich in ihr getäuscht. Daher setzte er zu einer Erklärung an:
»Ich war mir nicht sicher, ob du mich wirklich wiedersehen wolltest.«
»Ich habe dir doch gesagt, dass ich dich liebe«, erwiderte sie, sichtlich verstimmt. »Habe ich das gesagt oder nicht?«
Sie stand auf und ging so schnell auf die Tür zu, dass er sie beinahe hätte entwischen lassen. Erst im Hausflur, als sie schon in ihren Regenmantel schlüpfte, holte er sie ein. Odile oder die Köchin konnten jeden Augenblick auftauchen, dennoch schloss er sie in die Arme, fast wie berauscht vom Geprassel des Regens draußen, dem Zorn dieser Frau, ihrem überraschenden Besuch, dem Duft der Holztreppen und der Stille im ganzen Haus. Er küsste sie sanft, doch sie hielt den Kopf hartnäckig

gesenkt, bis zu dem Augenblick, da sie ihn ganz bewusst wieder hob und ihm die Arme um den Hals schlang und er sie mit auf sein Zimmer nahm. Das alles geschah ohne Kalkül, es war das gegenseitige Begehren, das besonders verwegen macht und die Chance birgt, ein echtes Liebespaar zu werden, sofern beide in die Liebe verliebt sind und sich mit ihr auskennen. So geschah es und so fand auch Gilles wieder Gefallen an der Lust. Es wurde schon dämmrig, und Gilles hörte, wie seine Schwester unten im Haus lauter als sonst ihre Anweisungen gab. Da plötzlich begriff er, drehte sich zu Nathalie hin und begann leise zu lachen. Träge öffnete sie die Augen, schloss sie aber sogleich wieder.

»Wo hast du deinen Wagen geparkt?«, fragte er.

»Direkt vor der Tür. Warum? Oh Gott, deine Schwester und Florent, die hatte ich ja völlig vergessen, ich wollte dir doch nur die Leviten lesen und gleich wieder verschwinden. Was werden sie jetzt bloß denken?«

Ihre Stimme klang gedehnt, von Lust gesättigt, sodass Gilles sich fragte, wie er es fast vier Monate lang hatte aushalten können ohne dieses spezielle Timbre zu hören.

»Was werden sie wohl denken? Was meinst du?«

Sie antwortete nicht, drehte sich weg.

»Ich wusste es«, sagte sie dann. »Ich wusste, dass es so kommen würde. Du und ich. Ich wusste es gleich, als ich dich das erste Mal gesehen habe. Komisch.«

»Das ist doch viel besser als komisch. Komm, wir gehen einen Porto-Flip trinken.«

»Einfach so sollen wir hinunter gehen, ohne ein Wort der Erklärung?«

»Anders geht's nicht. Man sollte sich nie mit langen Erklärungen aufhalten. Zieh dich an.«

Seit langem hatte er nicht mehr so autoritär, so entschieden gesprochen, und das wurde ihm plötzlich bewusst, als er Nathalies belustigten und leicht ironischen Blick auffing. Sie räkelte sich immer noch behaglich zwischen den Laken, sodass er sich hinabbeugen musste, um sie auf die Schulter zu küssen.

»Ja«, sagte er, »so wichtig sind wir nun auch wieder nicht.« Und, nach einer plötzlichen Aufwallung: »Ich danke dir, Nathalie.«

Als sie den Wohnraum betraten, lag auf ihren Gesichtern tatsächlich jene Unbefangenheit, die man im Allgemeinen erst jenseits der Dreißig erwirbt, wenn man sich erfolgreich mit einer so wichtigen Angelegenheit wie der Liebe befasst hat, und daher waren es Odile und Florent, die erröteten und aufsprangen.

»Was für eine Überraschung!«, rief Florent, wobei er die Arme zum Himmel reckte, während Odile sich befleißigte, Nathalies Mut zu loben, sich bei solch einem Wetter herzubemühen, denn sie selbst sei zu feige gewesen, auch nur einen Fuß nach draußen zu setzen. Was natürlich bedeuten sollte, dass weder sie noch Florent das Auto bemerkt hatten, das seit zwei Stunden draußen vor der kleinen Freitreppe stand.

Nachdem Odile nun ihrer beider Taktgefühl und extreme Kurzsichtigkeit hinreichend unter Beweis gestellt hatte, was Gilles weidlich amüsierte, plauderte sie weiter über das Wetter und bestand im übrigen darauf, dass sie unbedingt schleunigst einen Drink zum Aufwärmen zu sich nehmen sollten, wobei sie abermals errötete und Florent eiligst zur Portweinflasche griff. Inzwischen hatte Nathalie auf dem Sofa Platz genommen, sittsam ihre feingliedrigen Hände auf den Knien drapiert, und aus dieser Pose heraus gab sie lächelnd Antworten, wobei sie ab und zu einen verstohlenen Blick zu Gilles hinüberwarf, der an den Kamin gelehnt stand und gewissermaßen von oben herab diese kleine Provinzposse genoss.

»Die Cassignacs dürften Pech haben mit ihrem Gartenfest, bei solch einem Wetter«, sagte Odile mit betrübter Miene.

»Werden Sie hingehen?«, fragte Nathalie interessiert.

»Ich hatte befürchtet, Gilles würde es ablehnen, aber so wie es jetzt aussieht …«

Odile wurde sich ihres Patzers bewusst, erschrak, stockte und griff nach dem Glas, das Florent ihr mit versteinerter, empörter Miene hinhielt. Gilles musste sich schleunigst wegdrehen, um nicht loszuprusten.

Doch Odile fuhr fast tonlos fort: »… aber so wie er jetzt aussieht, schon viel erholter, will er vielleicht ja doch mitkommen …?«

Flehentlich sah sie zu ihrem Bruder hinüber, der ihr beruhigend zunickte. In Nathalies Augen standen Tränen, auch sie vermochte nur mühsam einen Lachanfall zu unterdrücken. Wie dankbar muss ich dieser Frau doch sein, schoss es ihm durch den Kopf. Ich habe mich schon lange nicht mehr so himmlisch ermattet gefühlt, eine Mattheit, wie sie sich nur nach einer intensiven Liebesnacht einstellt, wenn einem vor lauter Überschwang abwechselnd zum Lachen und zum Weinen zumute ist.

»Natürlich werde ich mitkommen«, sagte er leichthin. »Aber tanzen werde ich nur mit euch beiden.«

Dabei lächelte er Nathalie so zärtlich an, dass ihre Wimpern zu flattern begannen und sie sich abwenden musste.

»Ich muss jetzt nach Hause«, sagte sie. »Wir sehen uns also morgen bei den Cassignacs?«

Gilles half ihr in den Mantel, hielt ihr die Wagentüre auf und streckte dann seinen Kopf durchs Fenster:

»Und morgen Nachmittag?«
»Da kann ich nicht, Treffen des Damenkomitees vom Roten Kreuz.« Es klang bedauernd.
»Stimmt ja«, erwiderte er laut lachend, »du bist ja eine Honoratiorengattin!«
»Lach nicht«, sagte sie leise, und ihre Stimme schien plötzlich leicht zu zittern, »lach nicht, darüber darfst du nicht lachen.«
Im gleichen Moment fuhr sie los und ließ ihn stehen, verwirrt, aber auch ein wenig nachdenklich. Den ganzen Abend über umhegte seine Schwester ihn mit bisher ungekannter Sorgfalt und war sichtlich um sein Wohlergehen bemüht. Frauen schätzen es eben doch, wenn ihre Brüder und zuweilen auch ihre Söhne zu Jägern heranreifen, stellte er amüsiert fest, vor allem wenn sie selbst, so wie Odile, ein Leben führen, das jeglicher Romantik entbehrt. Eine kleine Entschädigung für etwas, das sie insgeheim eben doch als persönliche Niederlage empfinden.

6

WIDER ERWARTEN meinte das Wetter es gut mit den Cassignacs, und das Gartenfest war bereits in vollem Gange, als sie eintrafen. Anfang Juni war es schon angenehm warm auf der großen Terrasse. Eine Stimmung wie in Vorkriegszeiten, dachte Gilles versonnen, seltsam aus der Zeit gefallen diese farbenfrohen Kleider der Frauen, das ungezwungene Gelächter der Männer, und das Ganze unter duftenden Kastanienbäumen! Völlig unverkrampft schien man miteinander umzugehen, die Atmosphäre war erfüllt von einer Zärtlichkeit, die ihm Paris, sein ehemals doch heiß geliebtes Paris, wie einen Albtraum erscheinen ließ. Odile hatte ihn beim Arm genommen, führte ihn herum und stellte ihn überall vor, emsig darauf bedacht, die Gastgeberin in der Menge ausfindig zu machen. Plötzlich spürte er, wie ihre Hand sich verkrampfte, und da blieb sie auch schon stehen und sagte zu einem hochgewachsenen, recht gut aussehenden und unter diesen Südwestfranzosen eher britisch wirkenden Herrn: »François ... kennen Sie schon meinen Bruder? Gilles, das ist Monsieur Sylvener.«

»Ah ja«, erwiderte Sylvener, höflich erstaunt, »wir sahen uns bei Rouargues zum Abendessen.«

»Natürlich«, sagte Gilles, der sich absolut nicht erinnerte. Er dachte nur: Aha, das ist also der Ehemann. Nicht übel. Angeblich sehr wohlhabend. Wirkt nicht gerade umgänglich. Auch nicht sonderlich witzig. Ob sie ihm das Gleiche ins Ohr flüstert wie mir? Bestimmt nicht. Und als er Sylveners Händedruck erwiderte, sehnte er sich plötzlich danach, Nathalie in die Arme zu schließen wie tags zuvor.

»Sie leben in Paris?«, fragte Sylvener.

»Ja, seit zehn Jahren. Kommen Sie häufig nach Paris?«

»So selten wie möglich. Meine Frau liebt es, verständlicherweise, aber mir persönlich geht es sehr schnell auf die Nerven.«

Odile, offensichtlich erleichtert, dass die beiden Männer einander nicht sofort zum Duell gefordert hatten, machte sich aus dem Staub. Gern wäre Gilles ihr gefolgt, denn eine Art Verbrüderung mit den Ehe- oder Lebenspartnern seiner Geliebten war ihm, ob aus einem Rest von moralischem oder ästhetischem Empfinden, schon immer ein Gräuel gewesen. Doch da Sylvener allein war, konnte er sich schwerlich absetzen. Während er vergeblich nach Nathalie Ausschau hielt, redete er über den ewigen Verkehrsstau in Paris, die Hotelpreise

und den infernalischen Lärm der Großstädte im Allgemeinen. Plötzlich ging auch ihm das alles auf die Nerven. Ich werde abhauen, dachte er bei sich, mir reicht's jetzt schon, was soll ich auf diesem albernen Fest? Sie hätte schließlich auch mal nach mir Ausschau halten können … Und während er noch nach einer höflichen Entschuldigung suchte, um Sylvener zu entkommen, stand sie plötzlich vor ihnen. Ihr perfekt geschnittenes Kleid war so grün wie ihre Augen, und als sie ihn lächelnd anblickte, das Gesicht nur eine Spur blasser als sonst, beschloss er noch im selben Augenblick zu bleiben.
»Ich glaube, ihr kennt euch«, sagte Sylvener.
»Wir haben uns beim Dîner der Rouargues gesehen«, wiederholte Gilles nun seinerseits und verbeugte sich. Dieser Satz hatte ja den Vorteil, wahr zu sein, ohne jede Zweideutigkeit, die zu den Dingen gehörte, die er auch dann verabscheute, wenn Verliebte sie verwendeten, die sich überwacht fühlten. Nathalie lächelte und erwiderte:
»Das ist richtig. Monsieur Lantier, unsere Gastgeberin, Madame Cassignac, die gehbehindert ist, hat sie von ihrem Sessel aus gesehen und mich beauftragt, Sie zu ihr zu bringen. Kommen Sie mit?«
Gilles folgte ihr, grüßte im Vorbeigehen flüchtig irgendwelche Menschen, die er wiederzuerkennen glaubte, feixte aber innerlich bei dem Gedanken an Jeans Mienenspiel, wenn der ihn so sehen könnte.

Sie waren über die Terrasse gegangen und steuerten nun den schattigen Garten an, wo unter einer rostigen Laube der Rollstuhl stand, auf dem die Hausherrin thronte. Doch plötzlich schwenkte Nathalie abrupt nach rechts ab, einem scheuenden Pferd gleich, und zog ihn hinter einen Baum. Sofort flogen ihm ihre Haare um die Wangen, presste sich ihr Körper gegen den seinen, und dieses wahnwitzige, jede Vorsicht missachtende Tun trieb ihm derart die Hitze ins Gesicht und mitten ins Herz, dass er sie schließlich mit Küssen überschüttete, als sei er rasend in sie verliebt.

»Hör auf, hör auf, oh, Gilles, hör auf, ich …«

Menschen kamen die Allee entlang, und er konnte sich gerade noch rechtzeitig nach einem scheinbar gelösten Schnürsenkel bücken, während Nathalie, beiläufig, ihr Haar schüttelte, unbeschwert ein paar Worte mit den Passanten wechselte und ihnen Gilles vorstellte. Mit noch klopfendem Herzen trat er bei der greisen Madame Cassignac zum Handkuss an und hörte lobende Worte über seine Artikel, die sie eindeutig nicht gelesen hatte. Dann schlenderten sie gemächlich und betont gesittet zur Terrasse zurück, wo, da es schon dämmrig wurde, der Enkel des Hauses einem alten Plattenspieler Jerk-Rhythmen zu entlocken suchte und blutjunges Volk unter den teils gerührten, teils spöttischen Blicken einiger mehr oder weniger rheumageplagter Erwachsener im Takt der Musik die Hüften schwenkten und verrenkten. Gilles ärgerte sich, dass er sich vorhin von Nathalie derart hatte hinreißen lassen.

»Dein Mann ist gar nicht so übel«, sagte er, doch was anerkennend klingen sollte, ähnelte eher einer Beleidigung.

Sie sah ihn an.

»Sprich nicht über ihn. Lassen wir ihn aus dem Spiel.«

»Ich versuche nur, objektiv zu sein«, erwiderte Gilles, ebenfalls im Plauderton.

»Das erwarte ich gar nicht von dir«, sagte sie scharf und ließ ihn stehen.

Er zündete sich eine Zigarette an und wollte schon höhnisch lachen, doch plötzlich fand er sich selbst abscheulich. Für wen hielt er sich eigentlich? Wieso gab er den blasierten, zynischen und kaltschnäuzigen Pariser, der hier Urlaub machte? Wieso und woher plötzlich dieses Casanova-Gehabe?

Für einen kurzen Moment lehnte er sich an einen Baum. Nein, er musste hier weg, musste verschwinden und diese Frau ihr Leben leben lassen. Sie war viel zu schade für ihn, viel zu geradlinig für den verkorksten, miesen Typen, der er geworden war, der allen etwas vorgaukelte, alle hinters Licht führte. Das musste er ihr jetzt sofort klarmachen!

Doch als er sie gefunden hatte, war sie nicht allein. Sie, der er erklären wollte, sie sei auf ihn hereingefallen, stand da umringt von drei Männern, die – unter ihnen ein echter Beau – sichtlich von ihr fasziniert waren. Sie lachten schallend. Gilles erbat sich den Tanz, doch der attraktive Unbekannte wies ihn mit liebenswürdiger Geste zurück:
»Sie wollen uns Nathalie doch nicht etwa entführen? Wir drei sind nämlich ihre Ritter, ihre Leibgarde! Mein Name ist Pierre Lacour, und dies sind Jean Noble und Pierre Grandet. Trinken Sie doch lieber ein Glas mit uns und erzählen uns ein bisschen von Paris.«
Seine Augen funkelten schalkhaft, verrieten aber auch Selbstsicherheit, genau wie bei seinen Freunden, genau wie bei Nathalie, dachte Gilles, der sich lächerlich vorkam. Dieser Kerl war bestimmt auch einer ihrer Liebhaber, oder war es gewesen und sah daher nachsichtig auf diesen unscheinbaren Pariser herab, der sich hier aufspielen wollte. Was für ein Trottel er doch war mit seinen Gewissensbissen, seiner Angst, ihr wehzutun … Er lächelte und griff nach einem Whisky.
»Wir haben so gelacht, weil Nathalie eben ein Buch, das ich positiv besprochen hatte, nach Strich und Faden verrissen hat«, sagte Lacour. »Ich unterrichte nämlich Literatur in Limoges und schreibe ab und zu auch etwas für die Lokalzeitung.«

»Dann sind wir ja Kollegen«, sagte Gilles höflich. Was für ein Idiot er doch gewesen war! Er konnte es sich nicht verzeihen. Wie hatte er sich nur einbilden können, diese Frau, die sich ihm an den Hals geworfen hatte, die sich ihm schon fast beim ersten Mal hingegeben hatte, die so liebeserfahren war, diese Frau sei in ihn verliebt? Eine Nymphomanin war sie, und gebildet noch obendrein! Er war rasend vor Wut und wunderte sich darüber, denn seit langem war er nicht mehr so zornig geworden.

»Darf ich auf diesem Tanz bestehen? Die Gelegenheit für einen Blues kommt sicher nicht so schnell wieder, und aus dem Alter für akrobatische Verrenkungen bin ich raus ...«

Nathalie lächelte und legte ihm die Hand auf den Arm, bis sie die kleine runde Tanzfläche auf der Terrasse erreicht hatten. Schweigend absolvierten sie drei Tanzschritte, bis sie zu ihm aufsah:

»Du wirst nicht wieder davon anfangen, nein?«

»Wovon?«

»François.«

Das hatte er längst vergessen, ach ja, deswegen ... Er lächelte liebevoll:

»Nein, werde ich nicht. Sag mal, ein charmanter Kerl, dein Ritter Nummer eins. Der Literatur-Lehrer. Scheint dich anzubeten.«

»Das will ich hoffen! Er ist mein Bruder. Ein hübscher Kerl, nicht wahr?«

Bei dieser Antwort geriet er aus dem Takt.
Nach einer Weile flüsterte sie ihm zu: »Drück mich nicht so fest an dich, Gilles, man schaut schon zu uns herüber. Sag mal, bist du glücklich, Gilles?«
»Ja.«
Und in diesem besonderen Augenblick war es sogar die volle Wahrheit.

7

Morgens war ein Telegramm von Jean gekommen, Gilles solle sich sofort telefonisch bei ihm melden. Inzwischen war es Mittag und heiß und stickig in dem kleinen Postamt von Bellac. Ein wenig beunruhigt war er schon, aber gleichzeitig freute er sich diebisch, dass man ihn um einen Anruf bat, verlieh ihm dies doch beruflich wieder Gewicht.

Bevor er endlich mit Jean verbunden wurde, galt es zunächst die Hürde dreier mitfühlender Sekretärinnen zu überwinden, und als er dann Jeans Stimme hörte, klang das wie aus weiter Ferne, wie von einem anderen Planeten.

»Hallo, Gilles? Geht's besser? Ja? Wusste ich doch … Freut mich sehr für dich!«

Du armer Irrer, dachte Gilles und tat dem Freund Unrecht. Du wusstest es überhaupt nicht! Konntest es nicht einmal ahnen. Sag bloß nicht, du hättest wie Odile auf die gute Landluft gesetzt! Es geht mir besser, weil hier eine Frau ist, die mich liebt und deren Liebe ich ertragen kann. Wie hättest du das voraussehen können?

Trotz allem antwortete er in kurzen, abgehackten Sätzen, wie ein mit knapper Not geretteter Schwerverletzter, dem bewusst wird, welche Angst er seinen Freunden eingeflößt hat.
»Weißt du was«, fuhr Jean fort, »Lenoux hat sich mit dem Chef endgültig überworfen, und nun bist du im Gespräch für das gesamte Ressort Außenpolitik. Ich schwör's dir! Es ist die Wahrheit... Und dieser Vorschlag kam nicht einmal von mir. Was sagst du jetzt?«
Er schien zu jubilieren, doch Gilles bemühte sich vergeblich, es ihm gleichzutun. Es tangierte ihn nicht, dabei hatte er doch nach diesem Posten gelechzt, der ihm jetzt völlig unwirklich vorkam.
»Vor Oktober wird's natürlich nichts werden. Ich habe dem Chef schon gesagt, du hättest dich kaltschnäuzig vorübergehend ausgeklinkt, denn von Depressionen zu reden, hätte, wie du dir denken kannst, nicht gerade guten Eindruck gemacht. Du müsstest also ganz schnell, wenigstens für ein paar Tage herkommen... damit er dich sieht... du kennst ja den Kollegen-Klüngel.«
Aha, Depressionen hätten also nicht gut geklungen, sinnierte Gilles hämisch. Ein anständiger Mensch hat nicht das Recht, sich mal nicht wohlzufühlen in seiner Haut... Ein guter Journalist muss immer glücklich, immer aktiv sein, darf notfalls auch über die Stränge schlagen... alles, nur depressiv darf

er nicht sein. Der Tag wird kommen, da man alle deprimierten Mitbürger kurzerhand vergiftet … wird 'ne Mordsarbeit sein.

»Freust du dich?«, hörte er Jean fragen, und das klang sanft und freundlich, aber auch selbstzufrieden. »Also, wann kommst du?«

»Morgen, mit dem Zug«, antwortete Gilles ohne Überzeugung. »Fliegen geht ja nicht, wie du weißt. Ich werde also gegen elf Uhr abends mit dem *Capitole* eintrudeln.«

»Komm doch schon heute!«

»Wieso denn?« Gilles brauste auf: »Es brennt doch nicht … Wenn er sich für mich entschieden hat, kann er doch wohl noch einen Tag warten!«

Nach kurzem Schweigen hörte er Jean knapp und leicht pikiert sagen:

»Ich dachte, dir wäre es brandeilig. Ich hole dich morgen am Bahnhof ab. Mach's gut, alter Junge.«

Er hatte eingehängt, und Gilles, der in der heißen Telefonzelle schwitzte, musste sich die Stirn abwischen. Um drei Uhr war er mit Nathalie verabredet. Hatte er deswegen gezögert? Er wusste doch, wie brenzlig die Lage in Paris war, wie immer, wenn ein wichtiger Posten bei der Zeitung frei wurde. Die ganze Redaktion dürfte in Aufruhr sein. Und er würde womöglich die Chance seines Lebens verpassen – wegen einer Frau. Sollte er nicht doch sofort wieder anrufen und Jean sagen, er käme schon heute? Er zögerte und verhaspelte sich gegenüber der Telefonistin, weil ihm beim Blick durchs Fenster auf die im Wind wogenden Kornfelder und das grünende Land Nathalies Körper, ihre Wärme und ihre Ratschläge wieder einfielen und ihn nach draußen lockten. Überstürzt verließ er das Postamt, und schon fragte ihn Florent, der im Auto gewartet hatte:

»Na? Gute Nachrichten?«

Er wirkte ehrlich besorgt, und Gilles, der bisher eigentlich immer durch ihn hindurchgeschaut hatte, empfand plötzlich echte Zuneigung zu diesen großen blauen Augen. Er lächelte, was einigen Mut erforderte, denn Florent flitzte gerade haarscharf an einem Lastwagen vorbei.

»Sie bieten mir einen recht interessanten Posten an.«

»Alles kommt wieder ins Lot, alles gleichzeitig ...«, jubilierte Florent. »Ich sag's ja immer, das Schicksal treibt uns auf dem Meer des Lebens immer auf und ab, mal steigt die Welle auf, mal senkt sie sich ...«

Und die Wellenbewegungen seiner Hände hätten beide um ein Haar in den Graben befördert. Vielleicht hatte er ja sogar recht, doch Gilles wagte nicht, ihm zu sagen, dass er genau dieses Auf und Ab fürchtete, die neue Verantwortung ebenso wie Nathalies Leidenschaft, die Mittelmäßigkeit ebenso wie die Einsamkeit.

8

»Du fährst also morgen?«, fragte sie abermals. Versonnen lag sie auf seinem Bett, noch vollkommen bekleidet, denn kaum war sie angekommen, hatte er ihr gleich alles erzählt. Eigentlich war er glücklich, wieder die Siegerpose des Ehrgeizlings einnehmen zu können, auch vor ihr, war sie doch weitaus angenehmer als die Pose des Neurotikers. Euphorisch und gleichsam überschwänglich hatte er ihr die Bedeutung der neuen Aufgabe ausgemalt, die damit verbundene moralische Verantwortung gegenüber der Leserschaft, die Faszination der Außenpolitik, kurzum, vor ihr hatte er die Begeisterung an den Tag gelegt, die beim Telefonat mit Jean angebracht gewesen wäre. War es die Reue, den Freund enttäuscht zu haben, die ihn jetzt dazu trieb, sich vor der Geliebten so aufzuspielen, fragte er sich mit einer gewissen Ironie. Doch Nathalie schien alles andere als beeindruckt, eher ein wenig bedrückt.

»Es ist nur für eine Woche, eine oder zwei, dann bin ich wieder da. Den Posten übernehme ich ja erst ab Oktober.«

»Zum Schulanfang«, bemerkte sie zerstreut.
Er begann sich zu ärgern, hatte er doch bei all seiner Schilderung schon fast selbst an die Bedeutung und den Reiz dieser neuen Stellung geglaubt, sodass er es sich oder ihr jetzt verübelte, wegen dieser paar Stunden nachmittäglicher Zweisamkeit alles aufs Spiel gesetzt zu haben. Das wagte er allerdings nicht zu sagen, doch sie sprach es an:
»Warum bist du, wenn es so wichtig für dich ist, dann nicht gleich heute gefahren?«
»Wir waren doch verabredet.«
Er hatte den Eindruck, zu heucheln, dabei war es doch die reine Wahrheit. Sie blickte ihn eindringlich an:
»Vielleicht dachtest du nur, es gehört sich nicht, eine Frau, auch wenn man sie erst seit zwei Wochen kennt, mit ein paar hingeworfenen Zeilen abzuspeisen?«
Das hatte sie so ruhig gesagt, dass er zu seiner Verwunderung den Kopf schüttelte und fast errötete wie jemand, der lügt. Vielleicht hatte sie ja recht, vielleicht würde er doch nicht zurückkommen? Sich von Paris wieder vereinnahmen lassen, vom Sommer, den Freunden, vom Meer und den Reisen, und vielleicht bliebe ihm von Nathalie tatsächlich nur die Erinnerung an eine zweiwöchige Frühsommerromanze im Limousin? Im Blick dieser Frau erkannte er sich plötzlich wieder, frei,

entschlossen, leichtlebig und stark wie in früheren Zeiten. Unendliche Zärtlichkeit überkam ihn. War es Dankbarkeit, in einem anderen Menschen sein versunkenes fröhliches Spiegelbild wiedergefunden zu haben, oder vorweggenommenes Mitleid für den Fall, dass er doch nicht zurückkommen würde? Er wusste es nicht. Er beugte sich zu ihr hinab:

»Was würdest du tun, wenn ich nicht wiederkäme?«

»Dich holen kommen«, sagte sie völlig gelassen. »Küss mich.«

Er küsste sie, und schon waren Paris und die Politik vergessen, wenn ihn auch noch flüchtig der unbarmherzige Gedanke gestreift hatte, dass sie ihm als Geliebte bestimmt fehlen würde. Doch dann war auch dieser Gedanke verschwunden, und er verharrte noch lange an ihre Schulter gelehnt und konnte sich kaum vorstellen, auch nur eine Woche lang ohne sie zu sein. Schweigend strich sie ihm über Haar und Nacken, und diesen Augenblick im Licht der untergehenden Sonne würde er, so sagte er sich, niemals vergessen, was immer auch kommen möge.

»Ich bringe dich morgen zum Zug, aber nicht in Limoges, sondern in Vierzon. Und dort werde ich dich auch wieder abholen.«

Das hatte seltsam ruhig, aber irgendwie auch verzweifelt geklungen.

Dritter Teil

Paris

1

Erst als er sie auf dem Bahnsteig auf sich zulaufen sah, erinnerte er sich wieder an Eloïse. Aus Diskretion hielt der gutmütige Jean sich noch im Hintergrund, sodass Gilles, entsetzt über die eigene Zerstreutheit, den Mund dieser Fremden wieder und wieder küssen musste. Stimmt ja, diese hier gibt es ja auch noch, und sie wohnt sogar bei mir, wie schrecklich … Jean hätte mich immerhin darauf vorbereiten können! Insgeheim musste er lachen über diesen albernen Gedanken. Als gehörte es zu den Pflichten eines guten Freundes, einen jedes Mal, wenn man aus dem Urlaub zurückkehrt, daran zu erinnern, dass man eine Geliebte zuhause hat …

Eloïses' Parfum und die Berührung ihrer Lippen waren ihm irgendwie widerwärtig. Es war doch erst drei Stunden her, dass er und Nathalie sich in Vierzon atemlos und verzweifelt den Abschiedskuss gegeben hatten. War es Aberglaube, dass ihm jetzt plötzlich einfiel, sie könnte auf der kurvenreichen Strecke zurück nach Hause einen Unfall gehabt haben, weil doch, wie ihm in letzter Minute auf-

gefallen war, ihre Augen blind vor Tränen gewesen waren? Selbst er war noch fünf Minuten lang wie betäubt in seinem Abteil sitzen geblieben, bevor er sich hatte aufraffen können und festen Schrittes zum Buffetwagen gegangen war! In diesen Minuten wäre er absolut fahruntüchtig gewesen, und sie fuhr doch immer so schnell, zwar sehr gut, aber eben immer schnell… Fing er allmählich an zu spinnen?
Behutsam löste er sich von Eloïse, gab Jean einen Klaps auf die Schulter und versuchte zu lächeln. Der Bahnhof war schwarz von Ruß und der Lärm ohrenbetäubend. Erst als sie im Auto saßen, entdeckte er sein geliebtes Paris wieder, das Paris der Nachtschwärmer, der Sehnsüchte, das sommerliche Paris. Und der Gedanke an all die Glücksmomente, die er in den zehn Jahren hier erlebt hatte, stimmte ihn so wehmütig, als wären sie für immer verloren. Und schon war auch die Angst wieder da, fühlte er sich wieder auf einem Irrweg, dem Ganzen nicht gewachsen. Alles hätte er darum gegeben, im Schatten von Nathalie, gleichsam abgeschirmt, auf einer Wiese im Limousin zu liegen!
»Froh, wieder hier zu sein?«, fragte Jean.
»Sehr. Und du, alles in Ordnung?«
Er bemühte sich, unbekümmert zu wirken.
»Zum Glück hat Jean mir Bescheid gesagt«, hörte er Eloïse vom Rücksitz her, und ihre Stimme klang

fröhlich, als sie fortfuhr: »Mit Post hast du mich ja nicht gerade bombardiert …«

»Ich wollte Eloïse das Taxi ersparen, deshalb habe ich sie abgeholt. Sie fiel aus allen Wolken …«

Auch Jean lachte, aber seine Fröhlichkeit wirkte eher gezwungen. Aus dem Augenwinkel warf er einen freundschaftlichen Blick auf Gilles, wohl wissend, dass er etwas Unpassendes gesagt hatte.

»Ich habe versucht anzurufen«, log Gilles, »aber es hob nie jemand ab.«

»Kein Wunder, ich stand ja auch den ganzen Tag vor der Kamera. Und weißt du, für wen? Für die *Vogue!*«, erklärte sie triumphierend.

Umso besser, dachte Gilles zynisch, dann ist das wenigstens geregelt. Doch schon wieder nahm ihn ein Gedanke gefangen: Er musste Nathalie anrufen oder sie durch Jean verständigen lassen. Sie hatten zwar vereinbart, erst am nächsten Morgen zu telefonieren, weil um elf Uhr abends die Gefahr bestand, dass ihr Mann abheben würde, aber dieser dumme Gedanke an einen Unfall ließ ihn einfach nicht mehr los. Er war zwar nicht in sie verliebt, natürlich nicht, aber um seines eigenen Seelenfriedens willen wollte er doch wissen, dass sie noch lebte. Bloß – wie sollte er von zuhause aus telefonieren? Eloïse würde ihm nicht von der Seite weichen und Jean über Berufliches reden wollen …

»Du siehst viel besser aus«, sagte Jean. »Sogar leicht gebräunt. Das trifft sich gut, denn ich habe dem Chef erzählt, du seist mit einem italienischen Filmsternchen an der Côte d'Azur.«
»Was ich mir nicht alles anhören muss«, tönte es lachend vom Rücksitz, während Gilles, peinlich berührt, sich noch tiefer in die Sitze drückte. Nathalie als italienisches Starlet, diese Vision versetzte ihn in ein traumwandlerisches Hochgefühl: Sie war unvergleichlich schöner als diese Wesen und besaß alles, was jene meist nicht besaßen.
Seine Wohnung war noch dieselbe, nur etwas weiblicher dekoriert. Ein riesiger Plüsch-Teddy, das Geschenk eines Fotografen an Eloïse, ließ ihn eine Sekunde lang schaudern, doch dann wandte er sich ab. Egal, er fühlte sich ohnehin fremd in seinem Heim. Er ließ sich in einem Sessel nieder und hoffte, Eloïse und Jean würden es ihm gleichtun, damit er, als sei er in Gedanken, sich so unauffällig wie möglich ins Schlafzimmer und zum Telefon davonstehlen könnte. Doch die ordnungsliebende Eloïse schleifte schon seinen Koffer dorthin und schob lautstark die Schranktür auf. Er war derart gereizt, dass er Jean schon gar nicht mehr zuhörte und dieser, da er es bemerkte, nicht mehr weitersprach und ihn nur fragend ansah.
»Entschuldige mich eine Sekunde«, murmelte Gilles und erhob sich. »Ich habe meiner Schwester

versprochen, sie sofort anzurufen. Eine echte Glucke, du verstehst, was ich meine …«

Dieses Gestammel entlockte Jean nur ein Kopfnicken und ein höfliches Lächeln, das Gilles, schon auf dem Weg zum Schlafzimmer, in einem Anflug von alter Vertrautheit und Komplizenschaft, mit einem freundschaftlichen Klaps auf den Hinterkopf erwiderte, bevor er so unbefangen wie möglich zum Telefon griff, sich aufs Bett setzte und im Telefonbuch blätterte. Rund ein Dutzend Zahlen waren nötig, um mit Nathalie zu sprechen.

»So spät willst du noch jemanden anrufen?«, fragte Eloïse, während sie sein blaues Jackett auf einen Bügel hängte.

»Meine Schwester …«, erwiderte er lakonisch.

Er wählte die Nummer. Sollte der Ehemann abheben, würde er sofort einhängen. Es läutete lange, doch dann hörte er, ganz nah, ganz wach, Nathalie. Seine Hand, die den Hörer umklammerte, war merkwürdigerweise feucht, als er sagte:

»Hallo, ich bin's. Ich wollte nur sagen, dass ich gut angekommen bin, und schnell wissen, ob auch du gut heimgekommen bist.«

Er sprach hastig, wie beiläufig. Nach kurzem Schweigen hörte er, wie sie irritiert und ein wenig heiser, fast tonlos sagte:

»Ich glaube, Sie haben sich verwählt.« Und kurz danach, bevor sie auflegte:

»Nein, nein, Sie haben mich keineswegs gestört, Monsieur.«
Das hatte fast zärtlich geklungen. Er blieb noch einen Moment lang reglos sitzen, murmelte so, dass Eloïse es hören konnte, »einen Kuss für euch beide« in den stummen Hörer und hängte ein – schweißgebadet.
Ihr Mann war also zuhause, in ihrer Nähe, sodass sie nichts hatte sagen können. Aber wie schlau, dieses »Nein, nein, Sie haben mich keineswegs gestört, Monsieur«, wie seltsam und rührend das geklungen hatte … Dass sie noch lebte, war nun klar, auch dass sie ihn liebte … Seltsam, wie seine Nerven ihn manchmal im Stich ließen … Erleichtert, befreit wie jemand, der etwas Geschäftliches erledigt hat, ging er ins Wohnzimmer zurück, jeglicher Sorge um Nathalie oder Eloïse enthoben, ohne dass er auch nur einen Moment lang daran dachte, wie notwendig diese Beruhigung für ihn gewesen war.
»Jetzt ist alles wieder wie früher«, hörte er Eloïse im Dunkeln sagen. »Ich wusste es doch, du und ich, das würde lange, sehr lange halten.«
Gilles antwortete nicht, drehte sich von ihr weg, wütend über sich selbst. Sie hatten alle drei zu viel getrunken, auf seine Rückkehr und die zu erwartende glänzende Position. Als Jean sich gegen drei Uhr früh verabschiedet hatte, war er, Gilles, überhaupt nicht müde gewesen, eher vergnügt,

siegesgewiss, selbstsicher, und hatte, da er ja auch leicht betrunken war, fast mechanisch mit Eloïse geschlafen, als wollte er seine Potenz definitiv unter Beweis stellen, wie er es bei jeder anderen, die zufällig in seinem Bett gelegen hätte, auch getan hätte. Kurz: Er hatte Nathalie betrogen, was nicht weiter schlimm war, da sie es ja nie erfahren würde, aber er hatte auch sich selbst betrogen, da er trotz seines Rauschs nur eine nervöse, ärgerliche Lust empfunden hatte, und letztlich hatte er auch Eloïse betrogen, die es als Liebesbeweis hatte deuten müssen. Er war ihr eine Erklärung schuldig, musste ihr von Nathalie erzählen, und das ausgerechnet in dem Moment, da sie durch seine Schuld erneut zu glauben begann, er hinge nach wie vor an ihr. Brutal knipste er das Licht an, tastete nach einer Zigarette, stellte beiläufig fest, dass Eloïse mit dem aufgelösten Haar auf dem Kopfkissen reizend aussah, und überlegte, wie er es ihr beibringen könnte. Er hatte Kopfschmerzen, war wie erschlagen und kam schier um vor Durst.

»Schon komisch«, sagte Eloïse versonnen, »alles wird wieder gut und auch noch alles gleichzeitig: Ich bin jetzt fest unter Vertrag bei der *Vogue*, dank diesem amerikanischen Fotografen, du bekommst den Posten, den du dir erträumt hast, und geheilt bist du auch. Wenn mir das jemand vor einem Monat gesagt hätte! Ich hatte nämlich richtig

Angst um dich, große Angst, sehr, sehr, sehr viel Angst.«

Immer dieses Geplapper nach dem Liebesakt! Anfangs hatte ihn das gerührt, im Laufe der Zeit aber zunehmend genervt, und jetzt verschlimmerte es nur seine Gewissensbisse.

»So einfach ist das nicht«, sagte er heiser. »Völlig geheilt bin ich nämlich noch nicht. Sobald ich diese Angelegenheit hier geregelt habe, fahre ich wieder zu meiner Schwester aufs Land.«

»Ich werde ohnehin den ganzen Sommer über zu tun haben, mit all den Kollektionen. Aber wenn's mal eine Pause gibt, komme ich dich besuchen. *Air Inter* fliegt nämlich neuerdings auch nach Limoges.«

Das fehlt gerade noch!, sagte sich Gilles. Jetzt kommt einem auch noch der Fortschritt in die Quere! Er musste wirklich ein ernsthaftes Wort mit ihr reden. Er, der eine geradezu krankhafte Angst vor Trennungen hatte … Aber heute nicht, nicht heute! Zum ersten Mal seit seiner Ankunft nahm er Eloïse wirklich wahr, sah in ihre vertrauensvollen Augen, betrachtete ihren doch so vertrauten Körper, ja, sie war schön, war zärtlich, doch beides war inzwischen sinnlos geworden, und da überkam ihn plötzlich ein solches Mitleid, mit ihr, mit sich selbst, mit Nathalie, Mitleid mit der Liebe, mit jeglicher Art von Liebe, die ja doch eines Tages in Tränen und Reue enden würde, dass er sich, die Augen voller Tränen, aufs Kopfkissen zurückfallen ließ.

»Du bist traurig?«, fragte Eloïse, die sich über ihn geneigt hatte. »Aber es ist doch alles wieder im Lot!«

Er antwortete nicht und löschte das Licht. Den Kopf in den Armen verborgen, lag er da und sah wieder die Wiese unten am Fluss und Nathalie, die auf ihn zukam. Er atmete den Duft des warmen Grases ein, sah, wie sich die Pappeln hoch oben in der leisen Brise wiegten, und in Nathalies grünen Augen dieses rätselhafte Versprechen.

2

Fairmont, der Herausgeber der Zeitung, ein großer, humorloser, undiplomatischer und arbeitswütiger Mensch, der dem Großbürgertum entstammte, hatte zur allgemeinen Verwunderung mit seinem Privatvermögen dieses linke Blatt gegründet, so links wie irgend möglich in diesen wirren Zeiten. Trotz allem hatte er sich ein autoritäres, fast diktatorisches Gehabe bewahrt, und jeder in der Redaktion wusste, dass er bei all seiner Missbilligung von Privilegien jeglicher Art seit etlichen Jahren bemüht war, sich den unter Karl X. verloren gegangenen Titel eines Grafen von Fairmont wieder anzueignen. Gilles, der in Begleitung von Jean gekommen war, saß nun im Büro des Chefs, wo er angestrengt den gewichtigen Ausführungen über seinen künftigen Verantwortungsbereich lauschte.

»Dass Sie auf Ihre Eskapaden in Zukunft werden verzichten müssen, steht ja wohl außer Frage. Ich will Sie nicht aus Saint-Tropez herbeordern müssen, wenn die Vereinigten Staaten und Vietnam Frieden schließen. Sie sind noch sehr jung für diesen Posten, dessen bin ich mir bewusst, daher für Sie ein Grund mehr, sich voll einzusetzen. Wenn diese unselige Affäre nicht gewesen wäre, hätte diese Stelle, wie Sie wissen dürften, Garnier zugestanden.«

Gilles horchte auf und blickte Jean an, der, peinlich berührt, nur den Kopf schüttelte.

»Ich bin nicht auf dem Laufenden«, sagte Gilles. »In der Tat, Garnier ist ja schon so lange dabei und sehr versiert…«

»Garnier ist in eine peinliche Angelegenheit verwickelt, die Sittenpolizei ermittelt gegen ihn wegen eines Minderjährigen.«

»Aber das hat doch mit seiner Arbeit nichts zu tun!«, empörte sich Gilles.

Er war entrüstet, und Jean versuchte ihn mit einem Blick zu beruhigen, doch er, einmal in Rage, fuhr wütend fort:

»Wenn ich Sie recht verstehe, verdanke ich diesen Posten meinen Neigungen?«

Eisig fixierte ihn Fairmont:

»Nicht Ihren, sondern meinen. Ich will keinen Redakteur in einem wichtigen Ressort, der erpressbar sein könnte. Sie werden im September anfangen.«

Kurz danach, in Jeans Büro, ließ Gilles seiner Empörung freien Lauf. Unter Jeans unerschütterlichem Blick lief er gestikulierend auf und ab:

»Ich kann diesen Posten nicht annehmen, das ist Diebstahl! Was ist das überhaupt für eine Geschichte? Wer spielt sich da als Moralapostel auf? Wer kann denn heutzutage noch jemanden wegen seiner sexuellen Neigungen erpressen? Das will mir nicht in den Kopf… Und du? Was hältst du denn davon? Hättest mich wenigstens informieren können! Garnier hatte ich in der Tat völlig vergessen.«
»Uns alle hattest du vergessen, Garnier, Eloïse, mich…«, erwiderte Jean gelassen. »Aber mach dir keine Sorgen, wenn du ablehnst, findet sich ein anderer. Dein Freund Thomas, beispielsweise.«
»Mir völlig egal, Thomas oder sonst wer, aber ich kann Garnier das nicht antun. Ich mag ihn nämlich, und er ist mindestens so kompetent wie ich.«
Hektisch rauchend lief er im Kreis, bis Jean ihm Einhalt gebot:
»Setz dich hin, mir wird ganz schwindelig. Ich habe längst mit Garnier gesprochen. Er hält dich für den Besten. Und was seine Person angeht, da macht er sich keinerlei Illusionen. Du solltest dich mit ihm treffen.«
»Wie praktisch!«, knurrte Gilles. »Wirklich eine tolle Idee!«
Bedrückt ließ er sich in einen Sessel fallen.
»Bist du etwa beleidigt, dass nicht nur deine überragende Intelligenz ausschlaggebend war?«, fragte Jean lächelnd.

»Du begreifst überhaupt nichts! Es ist ungerecht und ich will nicht derjenige sein, der davon profitiert.«

Gleichzeitig, das spürte er dumpf, war er doch ein wenig gekränkt. Gekränkt und angewidert. Am liebsten hätte er alles zum Teufel gejagt: Paris, mit all diesen Intrigen, amtlichen Verordnungen und Heucheleien! Wäre er doch bloß wieder auf dem Land, in den biederen blass-blauen Salons von Limoges, blass-blau wie die Augen seines Schwagers. Er musste Nathalie anrufen und sie um Rat fragen. Sie würde wissen, was zu tun war. Sie hatte etwas Unbeirrbares, etwas von Natur aus Reines, dessen er dringend bedurfte.

»Ich muss telefonieren«, murmelte er mechanisch.

»Mit wem?«

Dass Jean so direkt fragte, wunderte ihn. Er war doch sonst so diskret.

»Wieso fragst du das?«

»Aus Interesse. Als du abgefahren bist, hast du gewirkt wie ein Zwangsarbeiter mit Bleikugeln an den Füßen, so schwer war dir das Leben, und nun kommst du zurück und schwebst wie auf Wolken. Ich wüsste gerne, wer das bewirkt hat.«

»Das ist völliger Unsinn «, schrie Gilles in blankem Entsetzen. »Ich bin absolut nicht in sie verliebt«, fügte er treuherzig hinzu, »ich kenne sie ja kaum, sie war nur recht charmant, das ist alles.«

»Das ist alles«, witzelte Jean und lachte los. »Aber als ich dir den Job deines Lebens angeboten habe, bist du erst am nächsten Tag gekommen, und aus allen Wolken gefallen, als Eloïse vor dir stand. Und um diese Frau gleich nach deiner Ankunft anzurufen, musstest du uns etwas vorspielen. Und kaum taucht ein winziges Hindernis auf, willst du sie um Rat fragen. Davon abgesehen, ist das alles. Schau mich doch nicht so an, als hätte ich einen Tirolerhut auf dem Kopf, du siehst erschreckend dämlich aus.«

»Das ist doch wohl der Gipfel! Wenn ich dir sage, sie gefällt mir einfach, dann ist das so.« Er fing an zu stottern vor lauter Wut, er wollte, dass Jean ihm glaubte und er sich selbst glauben konnte. »Kennst du meine Gefühle jetzt etwa besser als ich selbst?«

»Nicht erst jetzt, seit fünfzehn Jahren schon. Komm, gehen wir was trinken, dann kannst du mir ein bisschen von ihr erzählen.«

Sie gingen ins *Sloop* hinunter und setzten sich auf die Terrasse. Es war herrlich mild, nur die Sonne brannte schon ein bisschen auf der Haut. Gilles bemühte sich, Jean einen möglichst neutralen und exakten Bericht seiner Provinz-Liaison zu liefern. Zu seinem Erstaunen fiel es ihm äußerst schwer, das Ganze mit einer Prise Ironie oder Zynismus zu würzen, dabei hätte doch gerade dies den Freund von seiner Aufrichtigkeit beziehungsweise Unaufrichtigkeit überzeugt. Aber er beharrte auf

seiner Version, während Jean, wie eingelullt, an seiner Pfeife zog.
»Wenn's weiter nichts ist, warum willst du dann wieder zurück? Mach doch lieber mal wieder Urlaub im Süden mit Eloïse, wie sonst auch.«
»Kommt ja gar nicht in Frage!«, rief er wie außer sich. »Diese Frau interessiert mich ... Psychologisch gesehen, meine ich ...«
»Seit einer Dreiviertelstunde redest du von nichts anderem. Nicht einmal dein Bier hast du getrunken, obwohl es so heiß ist und du ununterbrochen redest. Arme Eloïse. Und armer François ... Ja, ihr Mann. Jetzt weiß ich sogar schon, wie er heißt.«
Sprachlos sah Gilles ihn an. Einen Augenblick lang drehte sich alles, etwas schien sich in ihm zu regen, er fühlte, wie ihm schlagartig heiß wurde und eine Welle aus Entsetzen und Erleichterung zugleich in ihm aufstieg.
Er streckte die Hand aus, ergriff sein Glas und hob es feierlich an die Lippen. Dann warf er den Kopf in den Nacken, schloss die Augen, spürte, wie das lauwarme Bier ihm durch Mund und Kehle rann, und da war ihm, als könnte er endlos weitertrinken, als würde ein köstliches Nass ihm in Zukunft jeden Durst löschen. Er stellte das Glas ab und sagte:
»Du hast recht, wahrscheinlich liebe ich sie.«
»Ich bin dir eben doch recht nützlich«, beschloss Jean das Gespräch. Und dabei lachte er nicht.

3

Den Rest des Tages verbrachte er wie im Traum. Er konnte es kaum erwarten, Nathalie anzurufen und ihr triumphierend seine Liebe zu verkünden, wenn es ihn auch gleichzeitig reizte, sie ihr gleichsam als Überraschung, wie ein wundervolles und unvorhersehbares Geschenk zu überbringen. Was sie wohl für ein Gesicht machen würde? Dazu müsste er sich nur noch ein paar Tage gedulden, warten, bis sie ihn in Vierzon abholte... Doch kaum hätten sie Bahnhof und Stadt hinter sich, würde er sie bitten anzuhalten, ihr Gesicht mit beiden Händen umfassen und sagen: »Du musst wissen, ich bin wahnsinnig in dich verliebt!« Und der Gedanke, wie glücklich er sie damit machen würde, erfüllte ihn mit Stolz und Zärtlichkeit – er fühlte sich prächtig! Von dieser Hochstimmung beflügelt, machte er Halt bei einem Juwelier, erwarb von seinem letzten Geld ein bescheidenes Schmuckstück und rief um fünf Uhr, wie vereinbart, mit vor Rührung über sich selbst schier überquellendem Herzen aus einem Bistro in der Nähe seiner Wohnung bei ihr an.

Sie war sofort am Apparat, doch ihre Stimme klang tonlos, wie unbeteiligt, was ihn erst verwunderte, dann aber kränkte, obwohl er sich sofort zurechtwies: Unsinn, das ist normal! Er wusste doch schließlich, dass es bei Liebenden immer einen gibt, der unwillentlich den anderen kränkt und dass sich das, wenn auch selten, wieder einrenken ließ. Aber wieso geschah gerade ihm das jetzt und schon so schnell, ihm, der sich doch gerade erst eingestanden hatte, dass er sie liebte, was sie noch gar nicht wusste? Das schien ihm doch höchst ungerecht und enttäuschend, wenngleich ihm diese Kränkung für einen kurzen Moment die Chance bot, den Wahrheitsgehalt seiner Liebe zu überprüfen.

»Was ist?«, fragte er möglichst ungezwungen.

»Es ist nur … es war zu heiß, und seit heute Morgen haben wir hier fürchterliche Gewitter und … und ich habe wahnsinnige Angst vor Gewittern. Lach nicht, ich kann nichts dafür.«

Er lachte dennoch, erleichtert und verwundert zugleich. Zum ersten Mal entdeckte er etwas Kindliches an ihr. Bisher hatte ihn ihr ungezwungenes, unbekümmertes und kompromissloses Verhalten eher an ein blutjunges Mädchen erinnert, aber nie hatte er ein ängstliches Kind aus bürgerlichem Haus in ihr gesehen.

»Ich habe ein Geschenk für dich gekauft.«

»Wie lieb von dir… hör mal, Gilles, ich werde jetzt einhängen, es ist nämlich sehr gefährlich, bei Gewitter ein elektrisches Gerät in Händen zu halten. Ruf morgen wieder an.«

»Aber hör mal, das Telefon ist doch kein elektrisches Gerät. Es ist…«

»Ich flehe dich an…«, sagte eine raue, von Angst entstellte Stimme, »ich umarme dich.«

Sie hatte eingehängt, und er stand dumm da, den Hörer in der Hand. Er versuchte zu lachen, versuchte, sich zu sagen, dass er sie beim nächsten Gewitter über Limoges lieben werde, um zu testen, wer oder was obsiegen würde: die Angst oder die Lust. Doch jetzt fühlte er sich verlassen, traurig, und selbst die Sonne war herabgestürzt aufs Straßenpflaster, und sein Geschenk erschien ihm nicht mehr rührend, sondern lächerlich. Er musste sie sehen, sofort! Es gab ja eine Flugverbindung mit *Air Inter*, die könnte er notfalls nutzen, wenn er es gar nicht mehr aushielt. Er rief in Orly an, doch vor dem nächsten Morgen gab es keine Maschine. Der Zug war auch weg, sein Simca verkauft und das letzte Geld ausgegeben. Außerdem war er morgen noch mit dem Personalchef verabredet, um sein zukünftiges Gehalt auszuhandeln, und mit Eloïse musste er auch noch reden – das Leben war wirklich die Hölle! Den ganzen Tag über war er ja auch viel zu glücklich gewesen, das hätte ihn stutzig machen müssen. Und der Gedanke, dass selbst er sich eingestehen musste, dass man für alles zu bezahlen hatte, erfüllte ihn mit Abscheu vor sich selbst. Er war weiß Gott noch nicht wieder auf der Höhe! Eigentlich jetzt sogar doppelt krank, ausgelaugt und auf Gedeih und Verderb einer Unbekannten ausgeliefert, einer Unbekannten, die vorgab, ihn zu lieben und ihm schon bei einem lächerlichen Gewitter kurzerhand das Wort abschnitt. Unter dem gutmütigen Blick der Wirtin würgte er seinen Zorn hinunter, doch als er ihren Blick auf sich spürte, versuchte er zu lächeln.

»Prachtvolles Wetter heute!«

»Ein bisschen zu heiß«, sagte sie liebenswürdig. »Es dürfte ein Gewitter geben.«

Sofort hakte er nach:

»Haben Sie etwa Angst vor Gewittern?«

Sie lachte schallend:

»Vor Gewittern? Sie machen wohl Witze. Unsereins hat nur Angst vor dem Fiskus.«

Gern hätte sie dieses Thema noch weiter ausgewalzt, doch angesichts der betretenen Miene ihres Gegenübers und aufgrund der instinktiven Güte und der wundersamen Ahnungen, die solch gestandenen Frauen hinter dem Tresen häufig zu eigen sind, da sie ihre Blicke tagtäglich über einsame, glückliche oder vergrämte Gesichter schweifen lassen, sagte sie doch lieber:

»Wissen Sie, meine Nichte, die aus dem Morvan stammt, wo es ja ganz fürchterliche Gewitter gibt, hat sich bis heute nicht daran gewöhnen können. Sie sitzt friedlich beim Abendessen, plötzlich donnert es, und schon flüchtet sie unters Bett. Das sind die Nerven.«

»Ja, die Nerven«, stimmte Gilles hocherfreut zu, wobei ihm gleichzeitig einfiel, dass Nathalie sich bisher eher um seine als um ihre eigenen Nerven gesorgt hatte und es vielleicht nur gerecht war, dass nunmehr die Reihe an ihr war.

Er begann ein längeres Gespräch, spendierte und akzeptierte ein paar Gläschen Portwein, den er für gewöhnlich verabscheute, der ihn aber an die Cocktails seines Schwagers erinnerte, und verließ dann, leicht beschwipst, aber weitaus zuversichtlicher, das Café.

Jetzt musste er wirklich mit Eloïse reden, sich morgen bei der Zeitung sehen lassen, versuchen, einen Vorschuss auszuhandeln, und dann könnte er am Abend eigentlich getrost wieder abfahren. Schon stellte er sich vor, wie er mit Nathalie wieder hundert Kilometer durch die Nacht fuhr, hundert Kilometer voll betörend süßer Worte. Wieso hatte er eigentlich von ein oder zwei Wochen Trennung gesprochen? Vermutlich aus einer Abwehrhaltung heraus, um ihr klarzumachen und sich selbst einzureden, dass er es mühelos acht Tage ohne sie aushalten könne, und vielleicht auch, um sich zu vergewissern, dass es Paris, seine beruflichen Ambitionen und seine alten Freunde noch gab. Dabei war das alles völlig unsinnig gewesen und seit zwei Tagen auch schon völlig irreal geworden, denn er nahm nichts wahr, empfand auch nichts und lebte nur in der Erinnerung an die Hügel des Limousin und an Nathalies Gesicht. Doch – was würde sie denken, wenn sie ihn so unerwartet schnell wiedersähe? Dass sie ihn bereits gefesselt hatte? Und gäbe ihr das nicht jene verhängnisvolle und sattsame Sicherheit, die man demjenigen gegenüber empfindet, an dessen Gefühlen es nichts mehr zu bezweifeln gibt? Oder wäre sie einfach wahnsinnig vor Freude? Ihre tränenfeuchten Augen am Bahnhof fielen ihm wieder ein, ihre raue Stimme von vorhin, das mussten doch zwei verschiedene Frauen sein! Und indem er sie sich so vorstellte, viel komplizierter und viel weniger eindeutig, eröffnete er sich unbewusst die Möglichkeit einer großen Liebe.

Eloïse saß vor dem Fernseher, als er hereinkam, sprang aber sofort auf und warf sich ihm an den Hals. Eine ähnliche Szene kam ihm in den Sinn, aber das war lange her ... ach nein, erst knapp einen Monat ... Die Zeit schien seltsam verkürzt. Dabei war doch so viel passiert ... Aber was war eigentlich genau passiert? Vierzehn Tage hatte er sich bei seiner Schwester unendlich gelangweilt, dann zehn Tage lang nachmittags eine Frau geliebt – so ließ es sich notfalls zusammenfassen, aber genau das wollte er ja nicht mehr!

»Na, alles gut gelaufen? Hast du Fairmont gesprochen?«

»Ja, ich habe ihn gesprochen, alles ist geregelt.«

Er hatte keine Lust, mehr zu erzählen, mehr zu erklären, auch nicht über Garnier. Das würde er nur Nathalie erzählen. Vielleicht ließ Liebe sich ja auch so auf den Punkt bringen: dass man sich nur einem einzigen Menschen anvertraut.

»Porto hast du keinen da, oder?«, brummelte er und bedauerte seine Worte sofort wieder. Er führte sich ja auf, als sei er hier zu Gast.

»Portwein? Den mochtest du doch noch nie!«

»Heute habe ich aber schon drei getrunken, und möchte daher dabei bleiben.« Er räusperte sich und fügte hinzu: »Trinken muss ich etwas.«

Damit hatte er den Köder ausgeworfen. Jetzt musste sie ja fragen: »Wieso?« Und er könnte antworten: »Weil ich mit dir reden muss.« Aber das alles konnte sie nicht ahnen, und daher rief sie nur: »Natürlich, das verstehe ich vollkommen, nach so einem Tag, mein armer Schatz! Ich lauf schnell runter, uns etwas holen, und bin gleich wieder da!«

»Das musst du nicht«, sagte er betrübt, aber sie war schon aus der Tür.

Er trat ans Fenster und sah sie federnden Schrittes, wie sie es als Mannequin gewohnt war, über die Straße laufen, direkt auf den kleinen Laden zu. Wie ein gehetztes Tier schaute er sich im Raum um: Da lagen seine Zigaretten auf dem Couchtisch bereit, die Abendzeitung, noch unberührt, und frische Blumen standen in einer Vase. Ohne nachzusehen wusste er, dass sein weißes Hemd und der graue Anzug, der leichteste, den er besaß, nebenan auf dem Bett bereitlagen. Selbst der Bär, der grässliche Teddy, über den er kein Wort verloren hatte, war verschwunden. Dass er dazu geschwiegen hatte, dürfte sie als besonders rücksichtsvoll empfunden haben, dabei war der Grund doch nur sein völliges Desinteresse an allem hier gewesen. Und wie ein echter Flegel hatte er dennoch gedankenlos und angetrunken mit ihr geschlafen. Er hasste sich dafür. Auch das alles musste er Nathalie erzählen, vor ihr durfte er nichts geheim halten! Bereits jetzt schwoll ihm der Kamm vor Stolz beim Gedanken an seine zukünftige Offenheit und Demut. Er fragte sich nicht, inwieweit es ihm bei dieser Beichte darum ging, seine Schuld zu mindern und damit der Trennung von Eloïse in Nathalies Augen mehr Gewicht zu verleihen.

Auf jeden Fall konnte er, wenn auch etwas melancholisch, erst einmal seinen Porto trinken und sich vornehmen, nach den Abendnachrichten mit

Eloïse zu reden. Aber da sie, genau wie Odile, danach unbedingt die wahnsinnig spannende Serie sehen wollte, gewann er unvermutet noch einmal fünfzig Minuten Aufschub, die ihn allerdings wieder in wachsenden Zwiespalt stürzten. Das Beste wäre doch wohl, sie irgendwohin zu schleppen, in den Club beispielsweise, und ihr dort, bei Musik und unter anderen Menschen, alles zu erklären. Einfacher wäre es auf jeden Fall, wenn auch im höchsten Grade unfein.

»Hast du nicht auch Hunger?«, fragte sie, als sie den Apparat ausschaltete.

»Nein... Hör mal, Eloïse, ich wollte dir sagen... Ich... ich habe da jemanden kennengelernt... auf dem Land... eine Frau, die... und ich... ich...«

Er verhedderte sich fürchterlich, und Eloïse stand da, bleich, und starrte ihn an.

»Sie hat mir sehr geholfen«, drängte es plötzlich aus ihm heraus. »Ich verdanke es nur ihr, dass ich wieder auf den Beinen bin. Verzeih mir bitte, auch wegen gestern Abend. Ich hätte das nicht tun dürfen.«

Langsam setzte Eloïse sich wieder, sagte aber nichts.

»Ich werde zurückfahren, aber du kannst natürlich hier bleiben, solange du willst... du weißt doch, wir beide sind Freunde fürs Leben...«

Dämlicher konnte man sich wohl kaum anstellen,

dachte er bei sich. Unbeholfener auch nicht. Das ist der endgültige Bruch, nach allen Regeln der Kunst, in all seiner Grausamkeit. Aber was hätte ich sonst sagen sollen? Wie ein Eisblock kam er sich vor.

»Liebst du sie?«, fragte Eloïse mit ungläubiger Miene.

»Ja. Glaube ich zumindest. Und sie liebt mich«, fügte er hastig hinzu.

»Warum dann ... warum dann das letzte Nacht ...?« Sie sah ihn nicht einmal an, weinte auch nicht, starrte nur auf den Fernseher, als liefe dort ein nur für sie sichtbarer Film.

»Ich ... ich hatte wohl einfach Lust ... habe dich begehrt, was weiß ich? Bitte, verzeih, ich hätte dir gleich alles sagen sollen.«

»Ja, das hättest du ...«

Sie verstummte, und dieses Schweigen wurde ihm unerträglich. Schrei doch, frag doch, tu doch irgendetwas, flehte er sie im Geiste an, und wenn es noch so übertrieben ist, bloß, dass ich wieder atmen kann, wieder Luft bekomme. Er fuhr sich mit der Hand durchs Haar, er war schweißgebadet. Aber sie sagte immer noch nichts. Er stand auf, tat ein paar Schritte und fragte:

»Möchtest du vielleicht etwas trinken?«

Da endlich hob sie den Kopf. Sie weinte. Instinktiv machte er eine Bewegung auf sie zu, doch sie warf den Oberkörper zurück und bedeckte ihre Augen.

»Bitte, geh, Gilles, geh jetzt sofort ... Ich werde morgen ausziehen. Bitte, lass mich, bitte, geh.«
Er rannte die Treppe hinunter, hinaus auf die Straße. Atemlos vor Herzklopfen lehnte er sich an einen Baum, umklammerte ihn, halbtot vor Scham und Traurigkeit.

»Ich freue mich, dass Sie die Stelle bekommen haben«, sagte Garnier.
Sie hatten sich im Hotel Pont-Royal verabredet, unten in der Bar, wo sommers wie winters die gleichen Lichter brannten. Gilles hatte im Hotel übernachtet, vor lauter Albträumen miserabel geschlafen und saß jetzt da, schlecht rasiert, im Hemd vom Vortag, und stellte erstaunt fest, dass der Kollege – er war groß und kräftig, hatte graue Augen, graues Haar, und etwas sehr Sanftmütiges im Gesicht – sich weitaus wohler zu fühlen schien als er selbst.
»Die ... diese Stelle stand Ihnen zu, Garnier, ich will sie Ihnen nicht abspenstig machen.«
»Das tun Sie ja gar nicht. Fairmont schätzt meinen Lebenswandel nicht, das ist alles«, erwiderte Garnier lachend. »So schlimm ist das alles gar nicht«, fuhr er seelenruhig fort, als er Gilles erröten sah. »Alles verloren, aber die Ehre gerettet! Ich liebe diesen Jungen wirklich. Dass er mir gegenüber behauptet hat, er sei schon neunzehn anstatt

siebzehn, und, als man ihn schnappte, schließlich zugab, wovon er, oder besser gesagt, wer seinen Lebensunterhalt bestritt, das ist doch normal. Ich hätte ja auch alles abstreiten können, denn Beweise gab es nicht, aber dann hätte ich meine Ehre eingebüßt, hätte ihn verleugnet, um meinen guten Ruf zu retten: Grotesk, nicht wahr?«

»Und was werden Sie jetzt tun?«, fragte Gilles.

»In einem halben Jahr ist er wieder draußen, dann ist er achtzehn und kann frei entscheiden, ob er mich weiterhin sehen will oder nicht.«

Bewundernd sah Gilles ihn an.

»Wenn er aber nicht zu Ihnen zurückkehrt ... dann haben Sie alles verloren, für nichts und wieder nichts ...«

»Was ich einmal gegeben habe, kann ich niemals mehr verlieren«, erwiderte Garnier völlig gelassen. »Nur das, was man anderen raubt, kommt einen teuer zu stehen, vergessen Sie das nie, mein Bester.«

Er lachte schallend, als er fortfuhr:

»Für einen Schwulen ganz schön moralisch, denken Sie wahrscheinlich. Aber glauben Sie mir: Erst dann, wenn Sie sich schämen für das, was Sie lieben, sind Sie verloren. Verloren für sich selbst. Aber jetzt sollten wir über die Arbeit reden.«

Er gab Gilles so mancherlei Ratschläge, aber dieser hörte kaum zu. Er dachte darüber nach, was er

Eloïse geraubt hatte, dachte, dass er sich Nathalies wegen nie würde schämen müssen, redete sich ein, dass er sie genauso zärtlich und ehrenhaft lieben würde wie Garnier diesen Jungen. Das alles musste er ihr sagen, ihr von Garnier erzählen, ja, er war ganz versessen darauf, sie endlich wiederzusehen. In einer halben Stunde würde er in der Redaktion vorbeischauen, das mit dem Vorschuss so schnell wie möglich regeln, mit Jean zu Mittag essen, ihm Eloïse anvertrauen, seinen Koffer packen und dann den 5-Uhr-Zug noch erreichen. Doch vorher würde er noch von hier aus in Limoges anrufen.

Als er jetzt wieder Nathalies fröhliche und zärtliche Stimme hörte, überkam ihn ein großes Glücksgefühl.

»Tut mir leid wegen gestern«, sagte sie sofort, »ich hatte wirklich riesige Angst, das sind die Nerven.«

»Ich weiß, aber was würdest du sagen, wenn ich schon heute Abend käme?«

Ein kurzes Schweigen, dann:

»Heute Abend schon? Das ist ja zu schön, um wahr zu sein! Schaffst du das wirklich, Gilles?«

»Ja. Ich bin's leid hier.« Und etwas verhaltener fügte er noch hinzu: »Und du fehlst mir. Ich komme mit dem Zug. Holst du mich in Vierzon ab?«

»O Gott«, sagte sie bestürzt, »wir sind bei Coudercs zum Dîner eingeladen. Was mache ich jetzt bloß?«

Dass sie ehrlich betrübt war, verriet ihre Stimme,

und das tröstete ihn. Daher markierte er jetzt den starken Mann und sagte leichthin:
»Dann fahre ich eben bis Limoges, nehme ein Taxi und wir sehen uns morgen. Können wir zusammen zu Mittag essen? Ich hoffe, du hast morgen kein Rotkreuz-Komitee?«
»Ach, Gilles … Gilles, kaum zu fassen … Mit dir morgen zu Mittag essen … was für ein Glück … Ich hatte schreckliche Sehnsucht.«
»Holst du mich um zwölf bei meiner Schwester ab? Und sag ihr bitte Bescheid, dass ich komme.«
Schlagartig fühlte er sich bestens organisiert, wild entschlossen, wie es sich für einen Mann gehört. Schon war er raus aus all dem Wirrwarr, aus dem Chaos namens Paris. Er lebte wieder auf.
»Ich fahre gleich bei ihr vorbei«, versprach Nathalie. »Und morgen Punkt zwölf hole ich dich ab. Hat denn sonst alles geklappt?«
»Ein paar Komplikationen, sogar etliche, aber … ich habe alle geregelt«, sagte er mit fester Stimme. Eine gewagte Behauptung, schoss es ihm durch den Kopf, nachdem ich einem Kollegen die Stelle weggenommen und eine Frau zum Weinen gebracht habe. Aber er war nun mal euphorisch gestimmt und dank des Glücksgefühls ohne Gewissensbisse.
»Bis morgen also«, sagte sie, »ich liebe dich«.
Bevor er in Versuchung geraten konnte, »ich auch« zu sagen, hatte sie bereits eingehängt.

Vierter Teil

Limoges

1

DIESER ZUG BRAUCHTE ja ewig quer durch Frankreich! Kurz hinter dem Bahngelände begannen die lang gestreckten Vorstädte, denen die Sommersonne vor Einbruch der Nacht einen fast romantischen Schimmer verlieh. Dann, noch lange vor der Loire, kamen die ersten weiten Wiesenflächen, lauter grünes, glänzendes Gras, zwischen den langen Schatten der Bäume, bis endlich die schon in abendliches Grau gehüllte Loire sichtbar wurde. Als es dann dunkel war, hatte Gilles sich vom Fenster abgewandt und die friedlichen Gesichter der Mitreisenden betrachtet. Er fühlte sich behaglich in diesem Zug, denn er fuhr ja unaufhaltsam seiner Schwester und Nathalie entgegen, einem Haus, in dem Frieden herrschte, und einer Frau, die ihn liebte, und dass ihm beides zugleich vergönnt war, passierte ihm doch wohl zum ersten Mal in seinem Leben.

Als er in Limoges ausstieg, war es schon nach elf Uhr und stockdunkel, worauf er nicht gefasst gewesen war, doch da stürmte plötzlich und unverhofft Nathalie auf ihn zu. Er ließ seinen Koffer fallen und drückte sie stumm und wie betäubt vor Glück ganz fest an sich. Und so blieben sie, aneinandergeklammert und taumelnd, noch gut eine Minute lang auf dem Bahnsteig stehen und scherten sich keinen Deut um die Blicke, die sich an sie hefteten. Schließlich löste er sich und sah sie an: Dass sie so große, so weit auseinanderstehende Augen hatte, war ihm entfallen.

»Wie hast du das denn geschafft, doch noch zu kommen?«

»Ich bin regelrecht ausgerissen, konnte es nicht mehr aushalten. Dieses Dîner war ein Albtraum. Als die Suppe aufgetragen wurde, wusste ich, Du warst gerade in Orléans angekommen, beim Steinbutt zockeltest du durch Châteauroux – ich hatte Angst, ohnmächtig zu werden. Küss mich. Du darfst nie mehr wegfahren, Gilles!«

Er küsste sie, trat mit ihr durch die Tür, hielt Ausschau nach ihrem Wagen, warf seinen Koffer hinein, sich selbst hinterher und schloss sie in die Arme.

»Du bist noch dünner geworden«, sagte sie. »Erkennst du mich wieder?«

»Ich war doch nur drei Tage fort.«

»Als sie sich nach dem Essen zum Bridge gesetzt haben, habe ich gesagt, dass ich mich nicht wohl fühlte und schon mal nach Hause fahren würde. Beinahe hätte ich den Zug verpasst und beinahe ganz Limoges über den Haufen gefahren.«

Er küsste sie und fühlte sich vollkommen glücklich, vollkommen leer, denn er hatte nichts weiter zu sagen. Doch da fiel ihm ein, dass er ihr noch eine große Neuigkeit zu verkünden hatte: dass er sie liebte, dass es ihm endlich klar geworden sei! Aber so wichtig, so einschneidend wie in Paris erschien es ihm jetzt gar nicht mehr. Dennoch, als sei er es diesem von sich selbst restlos begeisterten jungen Mann, der er immerhin einen ganzen Tag in Paris gewesen war, gewissermaßen schuldig, nahm er innerlich Anlauf und sagte, obwohl es ihm selbst lächerlich vorkam, mit Inbrunst in der Stimme:

»Weißt du, Nathalie, es gibt da etwas, das du wissen musst: Ich liebe dich.«

»Das will ich hoffen«, erwiderte sie lachend, nicht im Geringsten überrascht, »das wäre ja noch schöner, wenn du mich nicht lieben würdest!«

Da musste auch er lachen. Sie hatte ja recht, er war wirklich verblödet. Was so sonnenklar ist, muss man nicht aussprechen. Dass sie ihn liebte, hatte sie ihm gleich zu Anfang gesagt und dann seelenruhig abgewartet, bis auch er so weit war. Sie war eine starke Frau, oder besser gesagt, eine Frau, die spürte, dass ihre Schwächen eine solche Kraft besaßen, dass ihnen niemand widerstehen konnte. Daher war seine Effekthascherei auch jetzt wieder verpufft, und er war glücklich darüber.

»Hast du nichts zu erzählen?«, fragte sie.

»Nein, nichts, ich bin einfach glücklich. Die Landschaft war wirklich schön vom Zug aus, so im Abendlicht …«

»Seltam, was du da erzählst …«

»Küss mich lieber, morgen werde ich dir alles erzählen – unten am Fluss. Du isst doch mit mir zu Mittag?«

»Ja, aber jetzt muss ich nach Hause; François ist vielleicht schon da. Ich hätte nicht kommen sollen«, sagte sie leiser, »es ist schrecklich, dass wir uns jetzt trennen müssen.«

Gemächlich fuhren sie durch Limoges und ließen die Nachtluft durchs Fenster herein. Er hielt ihre Hand, dachte an nichts und eine vage Ahnung überkam ihn, dass dieser vorübergehende Gedankenstillstand auch Glück genannt werden konnte. Sie ließ ihn am Taxistand aussteigen, und dann waren es noch dreißig Kilometer, die er in diesem hypnotischen Zustand verträumte, bevor er das alte Haus erreichte, Odile und Florent weckte und den beiden, die völlig schlaftrunken waren, bestens gelaunt und in neu erwachter Hochstimmung seinen Aufenthalt in Paris schilderte, schier endlos, ausschweifend, aber durchaus originell, so wie er es sich während der Bahnfahrt für Nathalie ausgedacht hatte.

Lang ausgestreckt lag er am Flussufer, neben sich Nathalie, es war warm, und die letzten Sonnenstrahlen machten sie blinzeln. So würden sie schön braun werden, behauptete Nathalie, was seine Spottlust weckte, denn die richtige Bräune bekomme man nur am Mittelmeer, hier bestenfalls einen Hauch von getönter Haut. Dabei war er selig, hier zu liegen, das Hemd leicht aufgeknöpft und die Wange im kühlen Gras.

Inzwischen empfand er schon fast Abscheu vor all dem, was er früher heiß geliebt hatte: Die Sonne, die unbarmherzig auf die schon glühenden Sandstrände brannte, die fast nackten und allzu leichtfertigen Menschen. Diese sanfte Landschaft und diese anspruchsvolle Frau, das war's, was er brauchte!

Er spürte ihre Missbilligung nach seinem ausführlichen Bericht aus Paris. Nur zwei Punkte hatte sie herausgegriffen: Eloïse, der sie großes Mitgefühl bezeugte, und Garnier, dem sie Interesse und Bewunderung zollte. Er selbst kam nicht vor. Nicht einmal ein Anflug von Eifersucht nach seiner Beichte von der Nacht mit Eloïse, nicht eine Spur von Rührung nach der Schilderung seiner Protesthaltung gegenüber Fairmont. Das alles war für sie nur »bedauerlich«, wie sie sagte. Aber hätte er tatsächlich bedauert werden wollen, so hätte er sich doch wohl eher Trost erhofft und keine

Beurteilung. Doch es war offensichtlich, dass sie ihn beurteilte, und zwar als Schwächling.

Den ganzen Nachmittag hatten sie in seinem Zimmer zugebracht. Jetzt fiel es ihm wieder ein, und so fragte er lässig und gereizt zugleich:

»Was hätte ich deiner Meinung nach denn anders machen sollen? Bei Eloïse bleiben? Meine Stelle in der Redaktion kündigen?«

»Ich weiß es nicht. Ich mag solche Situationen einfach nicht. Und ich habe den Eindruck, dass sie für dich Lebenselixier sind. Alles ein bisschen in der Schwebe belassen. Ohne eindeutig Position zu beziehen. Immer ein bisschen schuldbewusst – und das auch noch genießen.«

»Ein echter Mistkerl also«, resümierte er lachend.

»Ja, vielleicht …« Sie lachte nicht.

Er drehte sich zu ihr um und nahm sie in die Arme. Sie duftete nach warmem Gras, blickte ihn jedoch mit geweiteten, fast erschreckten Augen an, was er aber gar nicht wahrnahm, denn er sah nur den blauen Schatten um die Augen – und den hatte schließlich er bewirkt! Lächelnd küsste er diesen Schatten und fragte dann laut lachend:

»Würdest du einen solchen verdammten Mistkerl etwa lieben?«

»Man sucht sich nicht aus, wen man liebt.«

»Eine gebildete Frau wie du … scheust du vor solchen Platituden nicht zurück?«

»Oh doch, sogar sehr, denn meistens sind sie wahr«, sagte sie leise.
Er sah sie an und bemerkte, dass sie tatsächlich Angst hatte. Einen Augenblick lang beunruhigte das auch ihn. Wie würde es weitergehen mit ihnen beiden? Was wäre, wenn sie ihn eines Tages verachtete? Verachten müsste? Ihn nicht mehr lieben könnte? Er vergrub seinen Kopf im Gras und seufzte: Ruhe gab es nicht, Frieden gab es nicht. Er liebte diese Frau, sagte es ihr, und sie hatte Angst vor ihm.
»Wenn du Angst vor mir hast, musst du mich verlassen«, murmelte er.
Er spürte ihre Wange, ihre Lippen auf seinem Nacken.
»Das könnte ich nicht... und selbst wenn ich es könnte, würde ich es nicht tun.«
»Wieso?«
»Bisher habe ich ein sehr behütetes, sehr umsorgtes, aber auch sehr langweiliges Leben geführt«, sagte sie ganz ruhig. »Vielleicht musste mir so etwas wie du tatsächlich mal passieren.«
»Und wertest du das als Glücksfall oder als Katastrophe?«
»So wie es jetzt ist, als Glücksfall.«
Sie lagen noch immer im Gras, sie leicht auf ihn gestützt, den Kopf auf seinem Rücken, und rührten sich nicht. Ein Grashalm kitzelte ihn an der

Stirn, aber insgesamt genoss er den Frieden in vollen Zügen wie eine Art Betäubung und war fast verwundert, als er sich sagen hörte:
»Und François, wie regeln wir das?«
Sie löste sich von ihm und rollte sich auf den Rücken. Er hatte ihr den Kopf zugewandt und sah jetzt ihr Profil: die Augen waren völlig unbewegt gen Himmel gerichtet.
»Ich weiß es noch nicht, ich werde ihn wohl verlassen müssen.«
Er zuckte zusammen. Unbewusst hatte er sich an dieses Phantom namens François gewöhnt. Es störte ja auch kaum. Dass sie nicht mehr mit ihm schlief, hatte sie ihm gesagt, und da er wusste, wie kompromisslos sie war, gab es daran nichts zu bezweifeln. Aber eben diese Kompromisslosigkeit würde natürlich Konsequenzen haben.
»Und was gedenkst du zu tun?«
Lächelnd wandte sie ihm das Gesicht zu:
»Vielleicht mit dir gehen, solange du mich liebst. Danach … das wird sich zeigen.«
Sie hatte recht, hatte ja so recht: Sie liebten sich, also mussten sie auch zusammen leben. Er verdiente genug, um eine Frau zu ernähren. War es sein sprichwörtliches Bedürfnis nach Freiheit, nach Alleinsein, das ihn derart in Panik geraten ließ? Aber was hatte er denn gemacht aus besagter Freiheit und dem Alleinsein, diesen beiden freud-

losen Bacchantinnen, die ihn geradewegs in die Depression gesteuert hatten, die konnte er doch genauso gut über Bord werfen ... Schon war die Angst wieder da.

»Keine Angst, Gilles«, hörte er Nathalie sagen. Sie hatte die Hand ausgestreckt und streifte flüchtig sein Haar. »Vor dem Sommer, vor dem Ende des Sommers, werde ich ihn nicht verlassen. Und mit dir gehen werde ich auch nur, wenn du mich inständig darum bittest.«

Er fuhr hoch, war plötzlich wütend, dass sie ihn durchschaut hatte, wütend, dass es in ihm überhaupt etwas Entsprechendes gab, das sie demaskieren konnte.

»Aber ich habe überhaupt keine Angst! Ich will dich: Ich will, dass du mit mir kommst, will, dass wir sofort zusammen durchbrennen, dass du noch heute Abend mit ihm redest und wir morgen losfahren!«

Und wohin?, schoss es ihm durch den Kopf. Wohin? Ich besitze noch drei Francs. Hier können wir nicht bleiben nach dem Eklat, den das auslösen wird. Was also tun bis September?

Doch sie lächelte, und dieses Lächeln versetzte ihn in Rage und er schrie fast:

»Ich will, dass du mit mir kommst!«

»Ich werde es tun«, erwiderte sie seelenruhig, »aber nur, wenn du mich inständig bittest, nicht, wenn du es mir befiehlst. Und schrei doch nicht so, du bist ja schon richtig rot angelaufen. Ist es denn hier nicht schön? Wo willst du denn hin?«

»Ich mag keine unklaren Verhältnisse…« Er gab sich edelmütig, doch als er ihren Blick sah, zögerte, stockte er. Als sie schallend zu lachen begann, musste auch er lachen, ließ sich über sie fallen, sein Haar verschmolz mit ihrem und er übersäte sie mit Küssen.

»Ach, Nathalie, du kennst mich schon so gut, Nathalie… ach, ich liebe dich!«

Sie lachte Tränen, lag in seinen Armen, ihre Augen glänzten, und ihr Lachen schien nie mehr enden zu wollen.

2

SCHON MERKWÜRDIG, wie angenehm manche Umstände, die ein anderer durch seine Entscheidungen geschaffen hat, für einen selbst werden können. Seit Nathalie die Entscheidung getroffen hatte, ihren Mann zu verlassen, gab es für Gilles nicht mehr die geringste Veranlassung, sich François gegenüber gehemmt zu fühlen. *Sie* würde ja diesen anderen seinetwegen verlassen, also traf ihn eigentlich keinerlei Schuld. Seit sie diese Überlegung angestellt und diesen Satz ausgesprochen hatte, gab es kein Entweder-Oder mehr, nur noch die Erfüllung eines Schicksals. Nicht einen Augenblick kam ihm in den Sinn, sie könne ihre Meinung ändern. Wie alle, die von Natur aus zum Schwindeln neigen, glaubte er anderen aufs Wort. Außerdem hatte er nicht den Eindruck, diesem François irgendetwas wegzunehmen: Nathalies Schreie, wenn sie sich liebten, Nathalies Wollust, sie galten so eindeutig ihm, waren ihr entlockt durch ihn, dass kein anderer, wenn er sie wirklich kannte, Ähnliches für sich noch erhoffen konnte. Was er François raubte, war nicht die Frau, sondern dieses »Geschöpf Nathalie«, die Absolute, die Unbeirrbare, die dieser Mann, das musste er zugeben, über Jahre hinweg gehegt und gepflegt hatte. Und dieses Geschöpf, das François ihm jetzt übergab, war ihm Geliebte und Mutter zugleich, war verspielt und gestreng zugleich, genau das, was er so nötig brauchte. Gewiss, was er sich da zusammenreimte, war zynisch, aber Glück macht nun mal zynisch. Und Gilles war glücklich.

Da waren zunächst einmal all die Sommernachmittage in seinem Zimmer, oder, genauer gesagt, in der Dachstube, dem ehemaligen Dienstmädchenzimmer, das abgeschiedener lag und das er wieder in Besitz genommen und notdürftig eingerichtet hatte. Da man es von der Rückseite des Hauses direkt über eine Treppe erreichen konnte, musste sich niemand schämen. Nathalie schämte sich ohnehin nicht, wenn sie zu ihm kam, aber Odile wurde noch immer umgetrieben von verworrenen Moralvorstellungen. Das Zimmer war geräumig, fast leer, nur voller Staub, aber in der Mitte prangten ein Bett und ein rötlicher Pitchpine-Sessel, auf den Nathalie ihre Kleider zu werfen pflegte. Gilles ging für gewöhnlich gegen drei Uhr hinauf, schloss die Fensterläden, legte sich aufs Bett, schlug ein Buch auf und wartete. Sehr bald schon erschien Nathalie, zog sich aus, schlüpfte zu ihm ins Bett, manchmal ohne ein Wort, als sei sie geradewegs der Wildnis entsprungen, manchmal betont langsam und träge, um ihm noch mit viel Witz ein tödlich langweiliges Mittagessen zu schildern. Welches von beidem ihm lieber war, wusste er nicht zu sagen, aber jedes Mal liebten sie sich und trennten sie sich schweißgebadet wegen der Hitze unter dem Dach, waren wie eingeölt und wussten nicht mehr, wer der eine, wer der andere war, und – wenn auch erschöpft – gesättigt waren sie nie. Mit dem zerknitterten Laken rieb er ihren schier leblosen Körper trocken, nannte sie sein Fohlen, das er striegeln müsse, und sie ließ ihn gewähren, hielt die Augen geschlossen, und er spürte unter seiner Hand ihren noch immer beschleunigten Herzschlag. Sie brauchte lange, bis sie aus dem Sinnestaumel auftauchte und allmählich wieder zu sich kam, wie aus einem Koma erwachte, womit er sie voller Stolz jedes Mal neckte. Als endlich wieder Leben in sie kam und sie auch etwas anderes vernahm als nur das Pulsieren ihres eigenen Blutes, konnte sie auch die Augen wieder öffnen, ohne dass sie von dem eigentlich spärlichen Licht im Raum geblendet wurde. Und dann wandte sie den Kopf zu ihm hin, zu ihm, der bereits rauchte, und in ihrem Blick lag eine Art von Dankbarkeit, die sie selbst zu erschrecken schien.

Anschließend redeten sie, und so erfuhr er nach und nach alles über ihre Kindheit in Tours, ihr

Studium in Paris, den ersten Liebhaber, die Begegnung mit François und die Heirat. Es war ein reibungsloses, unspektakuläres, weil den gesellschaftlichen Gepflogenheiten entsprechendes Leben, aber umständlich und vielschichtig geschildert, weil Nathalie die Angewohnheit hatte, zuweilen plötzlich zu verstummen oder ein Adjektiv hervorzuheben oder sogar einen Nebensatz gegen einen anderen auszutauschen, wodurch dieses beschauliche und insgesamt glückliche Leben etwas Ergreifendes bekam.

Wenn er zum Beispiel fragte: »Und warst du froh, in Paris Examen machen zu können?«, lautete ihre Antwort: »Du bist wohl nicht ganz bei Trost … ich war doch vorher noch nie von meinem Bruder getrennt!«

Woraufhin er das klassische Bild der Provinzlerin, die von Paris und den jungen Männern zutiefst beeindruckt war, durch das eines kleinen Mädchens ersetzen musste, das in der fremden Stadt dem Bruder nachweint. Oder wenn er fragte, wie sie François eingeschätzt habe, als sie ihn das erste Mal sah, erwiderte sie: »Mir war sofort klar, dass er anständig war« – und kein weiteres Wort dazu war aus ihr herauszubringen. Und was ihre Liebhaber anbetraf – es schien drei vor François und einen danach gegeben zu haben –, gab sie unbekümmert zu, sie habe viel Spaß mit ihnen gehabt. Als er dann einmal blödsinnigerweise gefragt hatte: »So viel wie mit mir?«, erhielt er ein »Natürlich« zur Antwort, und geriet völlig außer sich. Ohne Erfolg. Geliebt hatte sie zwar keinen so wie ihn, aber – und davon konnte er sie nicht abbringen – Lust hatte sie auch bei anderen empfunden. Mal entzückte, mal ärgerte ihn diese Ehrlichkeit, aber trotz aller List und nicht einmal in ihren leidenschaftlichsten Momenten gelang es ihm, sie von diesem Urteil abzubringen. Sie wartete ab, dass er seine Netze auswarf, sie festzurrte, um sie dann lachend mit einem Wort zu zerfetzen, woraufhin er nur noch mitlachen konnte. Mit einer Frau über sich selbst lachen? Das war ihm noch nie passiert. Er hatte früher durchaus über sich selbst lachen können, aber nur unter Männern, mit Jean zum Beispiel – wieder so ein Männlichkeitswahn. Und die Möglichkeit, derlei Eitelkeiten abzuschütteln, band ihn viel enger an sie, als ihm bewusst war.

Gegen achtzehn Uhr pflegten sie hinunterzugehen zu Florent und Odile, die es sich auf der Terrasse in Liegestühlen bequem gemacht hatten und mit einem Porto-Flip auf sie warteten. Dann plauderten sie noch ein Weilchen über so mancherlei. Odile errötete nicht mehr bei jedem Wort, und Florent spielte sogar den Galan, worüber Gilles sich königlich amüsierte: Weit riss er seine großen blauen Augen auf und bot Nathalie unter zahllosen

Verbeugungen geradezu abscheuliche Zigaretten mit Goldmundstück an, die angeblich nur er in dieser Gegend aufzutreiben wusste. Nathalie rauchte sie stoisch unter Gilles hämischen Blicken, trank ihren Porto-Flip und sagte dann schließlich betrübt: »Ich muss jetzt wohl gehen«, was allgemeinen Protest hervorrief.

Die Tage wurden schon länger, erst gegen neunzehn Uhr wurde es kühler, und die Bäume warfen noch ihre langen Schatten auf die Terrasse. Es gab Augenblicke, da glaubte Gilles sich in einer Komödie aus dem 19. Jahrhundert: Dieses Serviertischchen, dieser Portwein, dieser geschwätzige Notar … doch kaum warf Nathalie den Kopf in den Nacken, erlebte er vor seinem inneren Auge nochmals einen Moment der nachmittäglichen Wonnen. Diese Komödie, wenn es denn eine war, übertraf für ihn alles andere.

3

Es gab zahlreiche Empfänge und Gartenfeste in jenem Sommer, doch Gilles ließ sich nirgends blicken. Sollten sie ihn ruhig für krank, für niedergeschlagen oder für einen notorischen Einzelgänger halten, das machte es doch für alle leichter, für Nathalie bestimmt auch. Selbst wenn sie innerlich schon bereit war, mit ihm zu gehen, so fühlte er sich doch unbehaglich in der Rolle des Liebhabers einer verheirateten Frau, wenngleich ja wohl niemand argwöhnen konnte, dass diese untadelige Ehefrau jeden Nachmittag sechzig Kilometer zurücklegte, um mit einem Neurotiker ins Bett zu springen. Und Odile, die ihm zunächst vorwarf, er sei faul und ungesellig, hatte sich mit der Andeutung »wegen Sylvener« nicht nur zufriedengegeben, sondern sich sogar, heftig errötend, bei ihm entschuldigt. Und so blickte er häufig gegen Abend dem bescheidenen Wagen von Florent hinterher, wie er am Ende der Allee verschwand, um im weiteren Umkreis irgendeine Feierlichkeit anzusteuern. Dann war er endlich allein in dem großen Haus, konnte es sich im Wohnzimmer mit einem Buch gemütlich machen und seine Ruhe genießen. Es kam aber auch vor, dass er in den dritten Stock hinaufging, im noch zerwühlten Bett Nathalies Duft, Nathalies Liebe nachspürte und mit weit geöffneten Augen dort liegen blieb. Flaumige Fledermäuse schossen durch den nachtblauen Himmel, tief unten im Garten begannen die Frösche ihr monotones Klagen, während ein duftender Windhauch durchs Zimmer zog und ihrem noch glühenden Schlachtfeld einen tiefen, kühlen Frieden schenkte. Er träumte von Nathalie, wobei er sie nicht einmal herbeisehnte, schlief manchmal sogar ein und wachte, noch immer mit seinem alten Pullover bekleidet, erst wieder auf, wenn das Knirschen der Räder auf dem Kies an sein Ohr drang. Dann ging er hinunter, half dem zumeist leicht beschwipsten Florent aus dem Wagen und folgte den beiden in die Küche.

»Was, du schläfst noch nicht?«, rief Odile ihm entgegen. Dabei war sie doch hocherfreut, ein aufnahmebereiteres Ohr als das von Florent zu finden, um in völliger Verzückung den Abend zu schildern, den sie bei den Coudercs erlebt hatten: Man hätte meinen können, sie seien bei der Duchesse de Guermantes zu Gast gewesen, wo sie, wie immer, Ihre Königliche Hoheit Nathalie getroffen hatten, die sie in ihren Erzählungen stets als »Madame Sylvener« bezeichnete, während sie sie sonst doch tagtäglich mit ihrem Vornamen ansprach. Besagte »Madame Sylvener«, hatte also an diesem Abend ein hinreißend blaues Kleid getragen und dem Stellvertreter des Staatsanwalts von Brive eine geradezu schnippische Antwort gegeben … und sogar der Präfekt sei ihr nicht von der Seite gewichen, und so weiter, und so fort … Hätte Gilles nicht den Nachmittag mit ihr im Bett verbracht, wäre er am Ende unweigerlich in wilde Pennälerfantasien über diese »Madame Sylvener« versunken. Doch lächelnd und gerührt ließ er Odiles Redefluss über sich ergehen, witzelte über den stellvertretenden Herrn Staatsanwalt und versuchte, sich den genauen Blauton von Nathalies Abendrobe vorzustellen. Vermutlich aus Herzensgüte würde Odile abschließend auch heute wieder den Schleier geheimer Melancholie über das strahlende Bild der Madame Sylvener werfen, und er, der es besser wusste, würde es zerstreut zur Kenntnis nehmen. Endlich wollte auch Odile zu Bett gehen, trunken von zu viel Romantik, ebenso wie Florent von zu viel Champagner, was beide rasch in tiefen Schlaf fallen ließ.

Inzwischen waren schon wieder zwei Wochen vergangen, seit Gilles aus Paris zurückgekehrt war, und noch kein einziges Mal war er ausgegangen, höchstens, um Odile am Vormittag ins Nachbardorf zum Einkaufen zu begleiten. In seinem Lebenslauf war etwas zum Stillstand gekommen. Ihm schien, als könnte er auf Dauer so leben: In der Sonne liegen, nachmittags Nathalie lieben, und abends vor sich hin träumen. Geradezu absurd erschien ihm der Gedanke, in zwei Monaten als politischer Redakteur, von Arbeit überlastet, mit seiner Zeit geizen zu müssen, anstatt sie wie bisher verschwenden zu dürfen, und dass er diese Zeit in einem tristen Alltagstrubel würde durchleben müssen, grau in grau, denn genau das war Paris. Darüber dachte er nicht einmal nach, schob es einfach unbekümmert beiseite, wie er es sich seit langem schon angewöhnt hatte, wenn ihm etwas lästig war. Schon beim Aufwachen stellte sich ihm daher nur die Frage, ob er noch vor dem Mittagessen mit Florent zum Angeln gehen sollte, ob Nathalie zärtlich oder fordernd gestimmt sein würde oder ob er den Fensterladen, der nur noch jämmerlich in den Angeln hing, den sie in diesem heißen Zimmer unter dem Dach aber doch dringend brauchten, vielleicht selbst reparieren könnte. Es kam auch vor, dass er sich bei der Lektüre der Zeitung fragte, was einen Menschen wohl dazu veranlassen könnte, einen anderen in achtzehn Teile zu zerstückeln und, weil er keine Antwort darauf fand, diese Frage an Odile weiterreichte, die dann allerdings nur schrill wie ein Pfau aufschrie, während Florent, je nach

Laune, sich mit dem Zeigefinger an die Stirn tippte oder aus seiner Krawatte eine Schlinge formte. Kurzum, Gilles war glücklich, wusste es auch und beteuerte es Nathalie immer wieder, in den verschiedensten Tonlagen, voll männlichem Stolz: »Man glaubt's doch kaum, kann es doch kaum fassen, dass ich noch vor zwei Monaten völlig am Boden war und jetzt ein glücklicher Mann bin ...!« Wobei etwas mitschwang, das zwar Ungläubigkeit, aber auch tiefe Befriedigung ausdrückte und Nathalie stets amüsierte. Und wenn er dann, ebenso oft, gar noch hinzufügte: »Und das habe ich dir zu verdanken«, flatterten ihre Lider.

Schließlich kam der Empfang bei Sylveners. Jedes Jahr, und fast immer zum gleichen Zeitpunkt, pflegte François Sylvener Limoges und Umgebung zu einem Fest zu laden. Es war das eleganteste der Saison, und Odile freute sich bereits zehn Tage zuvor auf diesen Empfang, wobei sie diesmal moralische Skrupel schlichtweg beiseite fegte. Es war auch die einzige Einladung, für die Gilles seine viel geliebte Einsamkeit zu opfern bereit war, weil er sehen wollte, wo Nathalie eigentlich wohnte, sie als Gastgeberin erleben wollte, wenngleich ihn das schon im Voraus belustigte.

Das Haus der Sylveners war ein imposantes, herrschaftliches Gebäude aus dem 18. Jahrhundert, das sich wohl seit jeher im Besitz von Rechtsgelehrten befunden haben dürfte. Obwohl im Zentrum von Limoges gelegen, öffnete es seine Pforten auf einen großen Garten hinaus, der bestechend schön, aber für diesen Anlass ein wenig zu grell ausgeleuchtet war. Auch zu viele Blumen, dachte Gilles, als er die Treppe hinauf stieg, und es riecht nach Geld! Nach ehrlich verdientem Geld, ohne Zweifel, gewiss auch über Generationen vererbtes Geld, aber eben doch Geld! Schwere, auf Hochglanz polierte Möbel, alte Teppiche, hohe Spiegel mit nur wenig Patina, zwei rotgesichtige und durch ihre weißen Handschuhe leicht beeinträchtigte Bedienstete hinter dem Büffet – all das war zwar gut eingespielt, erinnerte aber eben doch an typisch provinzielle Zurschaustellung von Prunk und Überfluss. Gilles, der als Pariser Journalist schon viel prachtvollere und ausschweifendere Festlichkeiten erlebt hatte, die häufig von lebenslustigen Pleitiers veranstaltet wurden, beurteilte dies alles mit einer gewissen Herablassung, weil Geld für ihn nur einen Wert darstellte, wenn man es verschleuderte. Erdrückend war hier nicht der Luxus, sondern der Eindruck absoluter Sicherheit. Wie in den Romanen der Jahrhundertwende standen oben an der Freitreppe Nathalie und François Sylvener einträchtig nebeneinander, um ihre Gäste willkommen zu heißen. Und als er Nathalie die Hand küsste, entdeckte er in ihrem Blick ein solches Bemühen, ihm zu gefallen, den stummen, aber eindeutigen Hinweis »Dies alles habe ich für dich arrangiert«, dass er sich seiner Herablassung plötzlich schämte. So überschwänglich wie möglich beglückwünschte er sie zu ihrem wundervollen Haus, gab Sylvener die Hand und verzog sich in den großen Salon.

Dort drängte sich bereits eine verzückte Menschenmenge, und bevor er sich davonstehlen konnte, musste er noch ein paar Ansprachen und etliche Komplimente über sein gutes Aussehen über sich ergehen lassen, doch dann verdrückte er sich in eine Art Privatbibliothek, wo er sich vergeblich Nathalie im Sessel vor dem Kamin, dem Ehemann gegenüber, vorzustellen versuchte. Er konnte sie sich nur in der heißen Dachstube im großen freistehenden Bett auf dem Rücken liegend oder im Gras ausgestreckt vorstellen. Hier, zwischen all den Büchern, atmete er kurz durch und ging dann auf den Balkon zu, wo er mit einem Mann zusammenstieß. Es war Nathalies »kleiner Bruder«, wie er ihn insgeheim zu nennen pflegte. Sie waren einander zwar erst ein Mal begegnet, doch Pierre Lacour streckte ihm sofort die Hand hin. Der »kleine Bruder« war besonders groß gewachsen, wirkte überaus männlich und sah, wie Gilles sich eingestehen musste, in der Tat bestechend gut aus. Als ihm einfiel, dass er damals eifersüchtig gewesen war, musste er lächeln.

»Wir dachten schon, Sie niemals mehr zu Gesicht zu bekommen«, sagte Lacour. »Ein Gesellschaftslöwe scheinen Sie nicht zu sein. Ihre Schwester treffe ich überall, Sie hingegen nie.«

»Ich bin wirklich nicht sehr gesellig«, erwiderte Gilles.

»Oder finden Sie unsere Provinzfeste vielleicht einfach zu langweilig?«

Die Stimme klang ein wenig aggressiv. Aber Gilles, darauf bedacht, ihn als Freund zu gewinnen, entgegnete beflissen:

»Absolut nicht. Ich war bloß so geschafft, und bin extra aus Paris hergekommen, um mich zu erholen.«

Nach sekundenlangem Schweigen schien Pierre Lacour plötzlich einen Entschluss zu fassen, denn er ergriff Gilles' Arm und sagte:

»Ich muss mit Ihnen reden ... Sie wissen wohl, dass ich meiner Schwester sehr ... äh ... nahestehe.«

»Ja, ich weiß«, erwiderte Gilles lächelnd.

Warum sollte er sich verstellen? Entweder wusste dieser Bursche alles oder überhaupt nichts. Außerdem lag etwas in diesen Gesichtszügen, das ihm gefiel, eine Art unbeholfene Offenherzigkeit und zugleich eine gehörige Portion Intelligenz. Trotzdem brachten ihn schon die ersten Worte in Verlegenheit.

»Nathalie liebt Sie, und das macht mir große Sorgen«, sagte Lacour unvermittelt.

Doch um das auszusprechen, hatte er sich abgewandt, sodass Gilles sich fragte, ob er richtig gehört hatte.
»Wieso macht Ihnen das Sorgen?«
»Weil ich Sie nicht sonderlich schätze. Verzeihen Sie mir meine Offenheit.«
Gedämpft klangen ihrer beider Stimmen in diesem dunklen Raum, wie die zweier Feinde, die ein geheimes, aber unabwendbares Duell planen. Gilles' Herz begann zu klopfen.
»Wieso schätzen Sie mich nicht? Sie kennen mich doch gar nicht.«
»Nathalie liebt Sie, und Sie behaupten, sie zu lieben. Und was tut sie hier? Halten Sie sie etwa für eine Landpomeranze, die an Ehebruch gewöhnt ist? Glauben Sie etwa, sie steckt all das mit François einfach so weg? Kennen Sie sie so schlecht?«
»Sie hat sich entschieden, das Ende des Sommers abzuwarten ...«, begann Gilles, doch Pierre Lacour fiel ihm brüsk ins Wort:
»Sie hat überhaupt nichts entschieden. Nathalie glaubt, dass vielmehr Sie ihrer Sache nicht sicher sind, und zwingen will sie Sie nicht. Das ist alles. Und daher lebt sie seit einem Monat so, wie sie es noch nie zuvor getan hat: Sie kompromittiert sich. Und das ist Ihre Schuld.«
Gilles war verärgert, dieser Bruder in seinem Edelmut ging nun doch ein wenig zu weit:

»Es sieht nicht so aus, als sei ich ihr erster Seitensprung gewesen ...«
»Nein. Aber ihre erste große Leidenschaft, soviel ist sicher. Und deswegen bin ich ihretwegen so verzweifelt.«
»Und weswegen genau?«
»Weil ich Sie für schwach, egoistisch und wankelmütig halte ...«
»Das sind wir Männer doch alle«, entgegnete Gilles trocken.
»Aber nicht alle gefallen sich in dieser Rolle.«
Jetzt waren sie fast so weit, sich zu prügeln, doch Gilles versuchte, sich im Zaum zu halten. Der andere hatte ja recht, und doch auch wieder unrecht. Er atmete tief und langanhaltend durch:
»Was würden Sie in meiner Lage denn tun?«
»Ich werde nie in Ihrer Lage sein, denn wenn ich nicht der wäre, der ich bin, und Nathalie nicht meine Schwester, dann hätte ich sie schon längst entführt ...«
Er war lauter geworden, was Gilles ein Lächeln entlockte:
»Beeindruckend, wie sehr Sie sie lieben ...«
»Das müsste ich doch wohl eher zu Ihnen sagen, oder?«
Nach kurzem Schweigen sagte Gilles leise:
»Aber ich liebe sie doch.«
»Dann behüten Sie sie gefälligst!«

Jetzt sah Lacour nicht mehr zornig aus, ganz im Gegenteil eher flehentlich und traurig, fast resigniert. Das war der gleiche Gesichtsausdruck, der Gilles schon mehrmals bei Nathalie aufgefallen war und der ihm schier das Herz zerriss.
»Sie meinen, ich soll sie einfach mit mir nehmen? Morgen schon?«
»Ja«, erwiderte Lacour. »So bald wie möglich. Sie ist viel zu unglücklich.«
Einen Moment starrten sie einander an. Ganz dicht hörte man das fröhliche Treiben der festlich gestimmten Gäste. Ein Anflug von romantischer Schwärmerei überkam Gilles, und er hörte sich sagen:
»Das werde ich tun. Und sie behüten.«
Und schon sah er sich den Ballsaal durchqueren, Nathalie am Handgelenk fassen, sie schweigend hinter sich her ziehen, vor den Augen der verdutzten Gäste. Das war 19. Jahrhundert in Reinkultur. Doch Lacours Stimme holte ihn in die Wirklichkeit zurück:
»Sylvener ist ein Mann, dem Respekt gebührt. Sie muss ihn respektvoll verlassen, sofern das überhaupt möglich ist, einen anderen respektvoll zu verlassen.«
Eloïses Bild kam Gilles vor Augen, und er erwiderte nichts.
»Vergessen Sie nie, dass es für Nathalie kein Wenn und Aber gibt, sie ist kompromisslos und leiden-

schaftlich«, erklärte Lacour gedämpft, bevor er an Gilles vorbeilief und verschwand.

Waren diese wenigen Minuten ein Traum gewesen? Ob dieser junge Mann, wenn man's genau bedachte, nicht doch ein wenig überspannt war? Aber Gilles hatte bereits begriffen. Als das Fest zu Ende war und er Nathalie wieder die Hand küsste und sie auf den oberen Stufen neben ihrem Mann und in ihrem Haus zurückließ, als ihm bewusst wurde, dass diese Frau, die ihm gehörte, nicht jetzt gleich mit ihm gehen konnte und darüber genau so verzweifelt war wie er, da fasste er seinen Entschluss.

Fünfter Teil

Paris

1

»Was ist denn bloß passiert?«

Sie befanden sich in seiner Pariser Wohnung, sie war gerade erst angekommen, nachdem er zuvor, ohne jegliche Nachricht, drei Tage lang hatte warten müssen. Jetzt war sie zwar da, sah aber verstört und apathisch aus wie jemand, der einen Schock erlitten hat. Wie benommen hatte sie ihren Koffer im Flur abgestellt und ihren Mantel über einen Stuhl gelegt. Sie hatte ihm nicht mitgeteilt, dass sie kommen würde, und so wie es jetzt aussah, schien sie auch wieder abreisen zu wollen. Sie schaute sich nicht einmal um in der Wohnung, was etwas merkwürdig war, wenn man bedachte, dass sie fortan mit ihm hier wohnen würde, wie sie es am Tag nach dem Fest in Limoges, im Überschwang des tief empfundenen Glücks, gemeinsam entschieden und als vernünftig erachtet hatten. Gilles wusste nicht, dass Glück auch mit Vernunft gepaart sein konnte, einer Vernunft, die mit sanftem, aber unerbittlichen Nachdruck verlangt, endlich das zu tun, was getan werden muss. Trotzdem hatte sie ihn – aus Anstand, wie sie sagte – vorausgeschickt und erschien selbst, als er fast schon wahnsinnig war vor Angst, erst drei Tage später, und zwar unangemeldet und offensichtlich verstummt. Er fasste sie bei den Händen, geleitete sie zu einem Sessel, goss ihr etwas zu trinken ein, doch sie sagte immer noch nichts.

»So antworte mir doch! Was ist denn passiert?«

»Nichts.« Das klang fast ärgerlich. »Ich habe mit François gesprochen, mich mit meinem Bruder verabredet, er hat mich zum Zug gebracht, ich hatte keine Zeit mehr, dich zu verständigen, habe ein Taxi genommen, die Adresse hatte ich ja …«

»Und wenn ich nicht da gewesen wäre?«

»Du hattest doch gesagt, du würdest auf mich warten.«

Und irgendetwas in Nathalies Blick, vermutlich die Erinnerung an qualvolle, nicht zu beschreibende Erlebnisse, ließ ihm die zermürbende, erzwungene Warterei, die er, der Junggeselle, durchlitten hatte, als wahrlich geringfügig erscheinen. Schließlich hatte sie ja ein ganzes Leben aufgegeben, und er hatte sich bloß gelangweilt und nach ihr gesehnt. Das durfte er nicht vergleichen. Es bestand schließlich ein Unterschied zwischen dem Durchblättern alter Zeitschriften und dem Geständnis gegenüber dem Ehepartner, dass man ihn nicht mehr liebe. Er beugte sich zu ihr hinab und küsste sie auf die Wange.

»Wie hat er denn reagiert?«

Sie warf ihm einen erstaunten Blick zu.
»Was soll diese Frage? Du hast dich doch auch nie für ihn interessiert, als ich mit ihm gelebt habe, oder? Wieso fragst du dann, wie ich ihn verlassen habe?«
»Ich wollte nur wissen, ob er… ob es nicht allzu verletzend war, vor allem für dich…«
»Für mich? Ach… Ich war es doch, die ihn verließ wegen des Mannes, den ich liebe. Er blieb allein zurück. Also…«
Ein fast schon zynischer Gedanke kam Gilles in den Sinn: Rein gefühlsmäßig war ein verlassener Ehemann viel eher ein Klotz am Bein als ein noch ahnungsloser. Nathalie zitterte leicht, ihre Hände, die er umfasst hielt, fühlten sich eisig an, und insgeheim wünschte er sich, sie möge weinen, ihm alles erzählen, sich fallen lassen; oder sich ihm in die Arme werfen und sich ihm hingeben mit jener Aufwallung von Sinnlichkeit, die häufig die Folge ist von Grausamkeit, die man anderen zugefügt hat. Alles wäre ihm lieber gewesen als dieses entrückte und verschämte Wesen, dem es offenbar die Sprache verschlagen hatte. Unerträglich!
»Du hast Angst«, sagte er. »Du fühlst dich nicht wohl. Komm, ich zeige dir die Wohnung.«
Mit einem bei ihm völlig unüblichen Elan hatte er alles für sie hergerichtet. Die Concierge hatte geputzt, und er hatte eingekauft: Tee, Kleenex-Tücher,

Unmengen von Blumen, Zwieback – und eine neue Schallplatte! Der Mann der Concierge hatte Glühbirnen ausgewechselt und den Kühlschrank wieder in Gang gebracht. Kurz gesagt, ihm war keine Sekunde lang in den Sinn gekommen, dass Nathalie unglücklich sein könnte. Oder wenn schon unglücklich, dann doch eher auf theatralische Weise, mit dramatischen Wendepunkten und heftigen Tränenergüssen, mit »erzählbaren«, wenn nicht gar spannungsgeladenen Ereignissen – aber nicht dieses stille Leiden!

Sie stand auf und folgte ihm mechanisch. Eigentlich gab es ja auch nicht viel zu sehen, nur Küche, Schlafzimmer und das kleine, inzwischen Holz getäfelte Bad, eine kunstvolle Errungenschaft, die noch aus den Zeiten von Eloïse stammte. Auf all dies warf Nathalie einen zerstreuten, wohlwollenden Blick. Wenn man sie so sah, wäre kein Mensch, nicht einmal Gilles, auf die Idee gekommen, dass sie je in diesem Bett schlafen und ihre Kleider in diesen Schrank hängen würde. Panik befiel ihn: Und wenn sie es nicht übers Herz gebracht hätte? Wenn sie nur schnell gekommen wäre, um ihm zu sagen – schreiben oder telefonieren passte ja wirklich nicht zu ihr –, ja, wenn sie also wirklich nur schnell per Zug gekommen wäre, um ihm zu erklären, dass sie nicht für immer bei ihm bleiben konnte? Plötzlich schien ihm

alles zum Davonlaufen unerträglich: die Blumen, das eigens für sie schon aufgedeckte große Bett, der nahende September, der lange, schon bald beginnende Winter, ja das ganze Leben! Er fasste sie am Arm und drehte sie zu sich hin:
»Gefällt es Dir hier?«
»Ja, schon, wirklich hübsch.«
Und dass sie »hübsch« sagte, verschaffte ihm Klarheit: Dieses Schweigen, dieses Abstandhalten zu ihm, diese eiskalten Hände, dieser abwesende Blick … Sie liebte ihn nicht mehr! Diese drei Tage, die er durchlitten hatte, von Angst gepeinigt, nur auf sie gewartet, Zeitungen auf den Boden geschleudert und den Telefonhörer immer wieder abgehoben und sofort wieder aufgelegt hatte … er hätte es ahnen müssen! Wieder einmal würde er allein bleiben, sie würde ihn verlassen! Er wandte sich von ihr ab und ging aufs Fenster zu. Es war schon Nacht, aber in den Straßen hielt sich noch der Sommer. Er war allein.
»Gilles«, hörte er sie sagen.
Er wandte sich um. Sie hatte sich auf dem Bett ausgestreckt, die Schuhe abgestreift. Nein, sofort würde sie nicht wieder abreisen, sie würde noch mit ihm, den sie »mon amour, mon cher amour« zu nennen pflegte, einen Abend, eine Nacht verbringen und ihm morgen, kurz vor ihrer Abreise, alles erklären. Loyal war sie, das war unbestreitbar, aber

es gibt eben Dinge, auf die man nicht verzichten will. Wut stieg in ihm auf, er trat vom Fenster zurück und setzte sich auf die Bettkante. Schön war sie, wie sie da lag, so müde, aber abwesend – oder gar herablassend? Und er liebte sie.

»Du hast mich gerufen?«

Erstaunt sah sie ihn an und streckte ihm die Hand entgegen. Er umfing und drückte sie:

»Du schenkst mir also noch eine letzte Nacht?«

Sie richtete sich leicht auf, während er fortfuhr:

»Und morgen erklärst du mir dann, du könntest es François nicht antun, könntest nicht alles aufgeben, woran du gewöhnt bist ... das Übliche eben. Und dann fährst du wieder, stimmt's?«

In seiner Wut hatte er gehofft, dass sie die Fassung verlieren würde, weil er die Wahrheit ausgesprochen, sie mit seiner Ahnung überrumpelt hatte. Doch sie sah ihn nur eindringlich an, ihre Augen hatten sich geweitet und füllten sich mit Tränen, während ihre Gesichtszüge keinerlei Regung erkennen ließen und ihm bewusst machten, dass er sich getäuscht hatte. Erleichtert und beschämt ließ er sich neben sie aufs Bett fallen und vergrub seinen Kopf in ihrer Achselhöhle, unfähig, noch ein Wort zu sagen. Dann hörte er sie murmeln:

»Mein Gott, was für ein Egoist du doch bist ...«

»Ich hatte solche Angst. Drei Tage! Und jetzt das ... Wirst du mich nie mehr verlassen?«

Ein kurzes Schweigen, doch dann hatte sie endlich die gewohnte, halb zärtliche, halb spöttische Stimme zurückgewonnen, und sagte:

»Nein. Es sei denn, du wünschst es.«

»Ich könnte es nicht ertragen. Das ist mir soeben klar geworden.«

Er bewegte sich nicht, sog nur wieder ihren Duft ein, diesen Duft, mit dem er milde Landluft, kühles Gras und das Zimmer unter dem Dach verband. Er empfand es als befremdlich, fast als Sakrileg, diesen Duft einzuatmen hier in dieser Stadtwohnung, in der Eloïse gelebt hatte, in diesem Schlafzimmer, durch das so viele Frauen gehuscht waren. Zur Gänze erfüllt von diesem Duft, schien das Zimmer auf einmal völlig verwandelt, ja gleichsam sein ganzes Leben durch die Anwesenheit Nathalies plötzlich wie zweigeteilt. Er selbst fühlte sich fremd hier, und diese verschreckte Frau gewiss auch. Genauso gut hätten sie in einem Hotel sein können, fremd und verloren wie die Liebenden, von denen die Piaf sang. Aber sie waren doch beisammen und im gemeinsamen Heim. Woher kam dann diese Verwirrung, die er spürte? Irgendetwas schnürte ihm die Kehle zu, etwas, das weder der Panik glich, die er aus den Tagen davor zur Genüge kannte, noch Wut oder Schmerz war, sondern etwas, das viel tiefer und ihm noch unbekannt war, einer schaurigen Vorahnung gleich.

Er klammerte sich an sie, murmelte, fast wimmernd, zärtliche Worte, während Nathalies Hand auf seinem Nacken ruhte und sie regelmäßig atmete und er sich plötzlich bewusst wurde, dass sie eingeschlafen war. Da stand er auf, holte die Flasche Champagner aus dem Kühlschrank, öffnete sie, goss sich ein Glas ein, ging ins Schlafzimmer zurück und stellte sich am Fußende des Bettes auf: Nathalies Gesicht war sanft und voller Vertrauen, nur ein wenig müde sah sie aus. Von einem Impuls getrieben, erhob er sein Glas über ihren Kopf, schwor sich, ihr niemals Leid zuzufügen und genehmigte sich dann einen kräftigen Schluck. Schlagartig fiel ihm das warme Bier wieder ein, das er viel zu schnell hinuntergekippt hatte, als er mit Jean auf der Caféterrasse saß und zugeben musste, dass er diese Frau liebte. Das lag gefühlt einen Monat oder zehn Jahre zurück. Jetzt war sie da, bei ihm, gehörte ihm, er hatte gewonnen! Und unwillkürlich musste er lächeln, über seine Blindheit, seine Verbohrtheit, sein Verantwortungsbewusstsein, seine Exzesse, seine Siege.

2

»Ich habe dir noch gar nicht das Neueste von Eloïse erzählt«, sagte Jean lachend. »Ich nehme an, er hat sie auch Ihnen gegenüber erwähnt, unsere kleine Eloïse, oder?«
Nathalie hob den Kopf und nickte lächelnd. Zu dritt saßen sie in einem kleinen Restaurant an den Seine-Quais, und Jean und Nathalie schienen sich zu Gilles' Zufriedenheit bestens zu verstehen.
»Ich wusste es doch, dass er Ihnen von ihr erzählt hat, denn Gilles kann absolut nichts für sich behalten. Das einzige Mal, als er es wirklich ernsthaft versucht hat – da ging es um Sie. Und da wurde mir klar, dass er Sie liebt. Und da habe ich ihm das Geständnis regelrecht entlockt, was er Ihnen allerdings nicht erzählt haben dürfte, oder?«
»Jetzt reicht's aber!«, empörte sich Gilles.
Dabei lächelte er eher gutmütig. Im Grunde war es ja ein Vergnügen – ein eher unreifes zwar, aber eben doch ein köstliches Vergnügen –, wenn man von der Geliebten und dem besten Freund arglos bespöttelt wurde. Dabei fühlte man sich zwar ein bisschen ins Abseits gedrängt, glich einem selt-

samen, empfindlichen, nicht erfassbaren Objekt, konnte sich aber mit diesem Objekt, das sie beschrieben, doch in gewisser Weise identifizieren und sich als wichtig und geliebt empfinden.

»Also, auch wenn es dich enttäuschen sollte: Eloïse macht eine Blitzkarriere, sie ist die Geliebte des Starfotografen der *Vogue,* und es geht ihr rundherum gut. Schauen Sie ihn an, Nathalie: Er ist enttäuscht. Wenn's nach ihm ginge, müssten alle Frauen ihm ein Leben lang nachweinen.«

»Da kann ich ja nur lachen«, knurrte Gilles.

»Wenn ich du wäre, würde ich das wohl auch so sehen«, erwiderte Jean, der Nathalies Hand ergriff und sie küsste, was ihm ein Lächeln bescherte.

Seit acht Tagen streunten sie nun schon durch das im August noch leere Paris, seit acht Tagen schliefen sie gemeinsam im großen Bett in der Rue Monsieur-le-Prince, und Nathalie wirkte vollkommen glücklich. Außer mit Jean, der abends zuvor zurückgekehrt war, hatten sie sich noch mit niemanden getroffen.

Doch als er vor zwei Stunden gekommen war, um sie abzuholen, hatte Nathalie sich benommen, als sei sie nur zufällig Gast in dieser Wohnung, sodass Gilles die Gläser reichen und die Eiswürfel holen musste. Warum, das wollte er sie später fragen.

»Ich will nachher noch im Club vorbeischauen«, sagte Jean. »War Nathalie schon einmal dort?

Nein? Dann müssen Sie mitkommen, damit Sie sehen, was Ihnen mit diesem Hallodri hier abends bevorsteht.«
Nathalie stand auf, sie wollte sich noch schnell zurechtmachen. Jean blickte ihr nach, und auf seinem rundlichen Gesicht erschien ein Ausdruck von Melancholie.
»Sie ist umwerfend schön«, sagte er dann.
»Findest du?«, fragte Gilles und dabei säuselte er, was beide zum Lachen brachte.
»Viel feiner als du«, fuhr Jean träumerisch fort, »viel, viel stilvoller. Und ich spreche nicht vom Äußerlichen …«
»Danke schön!«
»Versuch diesmal …«, begann Jean von neuem, hielt aber gleich wieder inne und schüttelte den Kopf.
»Ich weiß schon«, posaunte Gilles leichthin, »versuch, ihr kein Leid zuzufügen, sie so zu lassen, wie sie ist, nicht egoistisch zu sein, dich zu benehmen, wie es sich gehört, wie ein Gentleman …«
»Ja, versuch es …«
Sie musterten einander und wandten dann gleichzeitig den Blick ab. Manchmal hasste es Gilles, sein Spiegelbild in Jeans Augen zu sehen. Als Nathalie zurückkam, erhoben sie sich zum Gehen.
Im Club ging es schon hoch her. Und ganz so, als sei der August für die Pariser bereits passé, war es

brechend voll. Ein braungebrannter Pierre hieß sie willkommen, drückte Gilles an sein Herz, nannte ihn »mein Sohn« und hatte offensichtlich völlig vergessen, dass er ihm beim letzten Mal einen kräftigen Kinnhaken verpasst hatte. Er warf einen bewundernden und zugleich irritierten Blick in Richtung Nathalie. Gilles zögerte: Bei jeder anderen neuen Frau an seiner Seite hätte er jetzt einfach spontan gesagt, »Nathalie, das ist Pierre«, und das hätte genügt. Gilles Lantiers neue Geliebte hieß also Nathalie. Aber dieses Mal ging das nicht, also sagte er näselnd:
»Darf ich dir Pierre Leroux vorstellen? – Madame Sylvener.«
Das klang hochgestochen, und er wurde rot.
Dieses Zeremoniell wiederholte sich noch fünfzehn Mal im Laufe des Abends. Die Männer klopften ihm kumpelhaft auf die Schulter, die Frauen küssten ihn, wie es Mode war, um zu zeigen, dass man einander mochte, und so musste er sich ständig erst einmal aus einer Umarmung lösen – einer kräftigen oder zarten je nach Geschlecht, wobei auch das nicht immer eindeutig zu definieren war –, um sich an Nathalie zu wenden und ihr, Madame Sylvener, diesen oder jenen vorzustellen. Es war offensichtlich, dass allein schon diese Form von Höflichkeit jedes Mal eine gewisse Neugier hervorrief, doch er behielt sie hartnäckig

bei, obwohl Jeans Blick amüsierte Heiterkeit und Nathalies völliges Unverständnis verriet. Kein Wunder, dass sich auch Nicolas, angetrunken wie immer, heranpirschte und sich, nachdem er ordnungsgemäß vorgestellt worden war, sogleich an Nathalie wandte:

»Sie also hatten ihn gekidnappt? Wir haben uns schon ernsthaft Sorgen gemacht. Allerdings hätte ich mich an seiner Stelle hier nie wieder blicken lassen.«

Er lachte zuvorkommend und setzte sich dann unbekümmert zu ihnen an den Tisch.

»Das muss doch wohl gefeiert werden, oder? Spendiert ihr mir ein Gläschen?«

»Zu feiern gibt's eigentlich nichts«, knurrte Gilles verärgert, »höchstens, dass wir so schön ungestört waren, bis du aufgetaucht bist.«

»Sieh an, sieh an, er ist ja eifersüchtig!«, entgegnete Nicolas, der vor allem durstig war und die Beleidigung großzügig überhörte. »Ich bin sicher, dass Madame entzückt sein wird, wenn wir ihren ersten Auftritt hier im Club gebührend begießen … Sie waren doch noch nie hier, nicht wahr? Denn das wüsste ich, da können Sie sicher sein …«

Betörend lächelte er Nathalie an und goss sich ein randvolles Glas Whisky ein, nachdem er sich kurzerhand die Flasche vom Tisch geschnappt hatte. Gilles war wütend, zumal er sah, wie Jean, der ihm gegenüber saß, die Augen zusammenkniff und kaum an sich halten konnte, um nicht loszuprusten, während Nathalie neben ihm stumm blieb.

»Hör mal, Nicolas, wir haben Geschäftliches zu besprechen.«

»Geschäftliches? Das kann Madame ja nur langweilen! Wollen Sie nicht lieber mit mir tanzen, Madame?«

Da prusteten beide los, Nathalie und Jean, sie konnten gar nicht mehr aufhören zu lachen. Und Nicolas, ohnehin eine Frohnatur, goss sich ein weiteres Glas ein und lachte lauthals mit, sodass Gilles, der Einzige, der den Anstand zu wahren suchte, gedemütigt mit grimmiger Miene dasaß.

»Haha …«, japste Jean, »wenn du dein Gesicht sehen könntest …«

Nathalie lachte Tränen, und auch Gilles rang sich ein verkniffenes Lächeln ab. Doch am liebsten hätte er diese beiden Dummköpfe sitzen lassen, um sich an einem anderen Tisch mit seinen alten Kumpanen zu betrinken. Eigentlich hatte er ja Paris schon seit einer Ewigkeit nicht mehr gesehen! Und wenn das das Ergebnis all seiner Bemühungen war, seine empfindsame Geliebte zu schonen, dann konnte er es ja genauso gut bleiben lassen. Nichts leichter als das.

»Warum tanzt du denn nicht mit ihm?«, fragte er Nathalie.

»So kann ich nicht tanzen, das weißt du doch. Nehmen Sie es mir bitte nicht übel, Monsieur«, sagte sie zu Nicolas, »ich komme nämlich aus der Provinz.«

»Na, so was! Woher denn?«

»Aus dem Limousin.«

»Dem Limousin? Ich liebe das Limousin. Habe sogar Verwandte dort. Na, so was ... das muss begossen werden. Gilles, ein Hoch auf das Limousin!«

Und nun entspann sich unter Gilles' verständnislosen Blicken ein ausführliches Gespräch zwischen Nathalie und Nicolas, über den Reiz des Landlebens, über die Erntezeit und die Weinlese, die Nicolas offenbar ganz besonders gefallen hatte. Es war zwei Uhr morgens, als Jean, selbst ein wenig benebelt und angeheitert, sie vor ihrer Wohnung absetzte, eine leicht schwankende Nathalie und einen bärbeißigen Gilles, der sich im Bad noch ein paar bissige Bemerkungen zurechtlegte, im Schlafzimmer aber dann feststellen musste, dass sie bereits wie ein Kleinkind tief und fest schlief. Er legte sich neben sie und konnte lange nicht einschlafen.

3

Etliche Stunden später schaute sie beim Aufwachen so verlegen und gleichzeitig verwundert drein wie jemand, der ein wenig über den Durst getrunken hat und sich ein bisschen schuldig fühlt, dennoch wie ein Stein geschlafen hat und jetzt wieder frisch und unternehmungslustig ist. Er musste lächeln, als er ihren verstohlenen Blick auffing.

»Na? Hast du schön geträumt von Nicolas?«

»Ich mag ihn, diesen Nicolas. Er gleicht einem gutmütigen großen Hund.«

»Einem versoffenen großen Hund, meinst du wohl. Ich wusste übrigens gar nicht, dass auch du ganz gerne mal ein wenig tiefer ins Glas schaust.«

Schweigend sah sie ihn einen Moment lang an und brachte dann mühsam hervor:

»Das war … das war doch nur, weil ich solche Angst hatte. Ich kannte niemanden, und du kanntest sie alle. Außerdem habe ich so lächerlich ausgesehen neben all diesen kessen jungen Dingern …«

Gilles sah sie entgeistert an, als sie fortfuhr:

»Das stimmt doch, ich im kleinen Schwarzen mit Perlenkette und sie alle so aufreizend – die reinsten

Jagdgöttinnen. Außerdem schien es dir schrecklich peinlich zu sein, mich allen vorzustellen ...«

»Das ist nun wirklich der Gipfel, der absolute Gipfel! Glaubst du wirklich, ich würde mich deinetwegen schämen?«

Er hatte sich rücklings aufs Bett fallen lassen und drückte sie an sich: Nathalie und Angst? Sie, die doch vor nichts Angst hatte, die dem gesamten Limousin die Stirn geboten und ihren Mann verlassen hatte, sie sollte Angst gehabt haben vor einem Haufen harmloser Säufer? Da konnte er doch nur lachen oder vor Rührung dahinschmelzen!

»Nicht wirklich peinlich vielleicht«, fuhr sie nachdenklich fort, »aber vielleicht hast du dich ja gelangweilt. Deshalb war ich so froh, als dieser Nicolas sich zu uns gesetzt hat.«

»Jean war doch auch da, und der findet dich wundervoll.«

»Jean ist aber in erster Linie dein Freund. Ihm oder mir kannst du antun, was du willst, er wird dir immer verzeihen. Ich frage mich sogar, ob es ihm nicht in gewisser Weise ganz lieb ist, wenn du dich daneben benimmst.«

»Du bist wohl von allen guten Geistern verlassen!«

Doch da fiel ihm ein, dass Jean manchmal regelrecht frohlockte, wenn er – wie sie es unter sich zu nennen pflegten – mal wieder über die Stränge schlug, und ihm jeden Exzess, jeden Blödsinn durchgehen ließ. Er ermahnte ihn zwar, rügte ihn auch, aber immer mit einer gewissen heiteren, fast schon bewundernden Nachsicht, die Gilles häufig eher anstachelte, es noch wilder zu treiben. Ohnehin weiß man ja nie genau über seine Freunde Bescheid, weiß nicht, welchen Einfluss sie indirekt auf einen ausüben, was ihnen manchmal auch selbst nicht bewusst ist. Dennoch erschien ihm die Vorstellung, ausgerechnet Jean, der untadelige Jean, sei gleichsam sein böser Geist, mehr als skurril, weswegen er jetzt auch lachen musste.

»Du stellst aber auch alles und jeden infrage. Gedenkst du mein ganzes Leben umzukrempeln?«

»Mit meinem bist du, wie mir scheint, auch nicht gerade zimperlich umgegangen«, antwortete sie völlig unaufgeregt.

Lächelnd, die Augen halb geschlossen, sah sie ihn an. Vielleicht hatte sie ja gestern tatsächlich Angst gehabt vor all diesen Leuten, aber jetzt, heute Morgen, hatte sie ganz offensichtlich keineswegs Angst vor ihm.

»Du bist ganz schön abgebrüht«, sagte er, »und grausam. Du hast vor nichts Angst. Und eine Säuferin bist du auch. Und pervers noch dazu...«. Er warf sich über sie: »Ich muss dich mit Gilda bekannt machen.«

»Wer ist Gilda?«

Jetzt lag er auf ihr, hatte Lust, sie zu lieben, und

absolut keine Lust, über Gilda zu reden. Trotzdem antwortete er zerstreut:

»Ein perverses Weibsstück.«

»Oho! Das können wir Frauen alle sein. Ich übrigens auch. Was soll das schon heißen, pervers?... Dass man sich Lust verschafft, wenn man jemanden liebt...«

»Still jetzt, genug geplappert!«

Spät, sehr spät aßen sie bei *Lipp* zu Mittag, und wieder, aber diesmal mit größter Selbstverständlichkeit, stellte Gilles sie vor. Drei Tage noch, dann musste er wieder arbeiten... Seine Geliebte war wunderschön, sie liebte ihn, und er war glücklich. Er begriff selbst nicht, wieso er noch vor drei Monaten als zitterndes und verzweifeltes Gespenst herumgeschlichen war. Er musste wohl tatsächlich am Ende seiner Kräfte gewesen sein, ohne es selbst gemerkt zu haben. Jetzt stand ihm die Welt wieder offen! Er hatte Lust auf Champagner! Champagner zu Sauerkraut, das war zwar eine haarsträubende Mischung, aber sie bestellten und tranken ihn dennoch. Anschließend sahen sie sich gleich nebenan einen blödsinnigen Film an, und Gilles vertrieb sich die Zeit damit, einer erbosten Nathalie unablässig Albernheiten ins Ohr zu raunen, während sie, wie immer aufmerksam und mit kindlichem Ernst, die Handlung verfolgte. Seit drei Tagen schon lag sie ihm mit einem angeblich sehr guten und anspruchsvollen Theaterstück in den Ohren, das sie unbedingt sehen wollte, obgleich ihm allein beim Gedanken daran das Blut in den Adern gefror. Seit Jahren schon war er nicht mehr im Theater gewesen. Termine im Voraus zu planen, konnte er nicht leiden, er mokierte sich über das, was er ihre provinzielle Seite nannte.

»Du hast doch noch Zeit genug«, sagte er. »Du bist doch nicht nur für eine Woche in Paris. Bist nicht verpflichtet, dir alles in Windeseile anzusehen, um es dann den Rot-Kreuz-Tanten in Limoges berichten zu können.«

»Aber ich gehe gern ins Theater. Du verstehst das nicht. Und danach würde ich auch gerne mit dir darüber reden.«

»Na, toll«, sagte er seufzend, »ich habe mir wohl eine Intellektuelle eingehandelt.«

»Das habe ich dir doch nie verschwiegen«, erwiderte sie ernst, während er sich bei dem Gedanken, dass Nathalie, diese seine Geliebte, dieser fordernde und hitzige Körper könnte sich in eine Intellektuelle verwandeln, schier totlachen wollte. Indes – es kam immer wieder vor, dass ihm anhand eines Details bewusst wurde, wie profund und breit gefächert ihre Bildung im Vergleich zu seiner war. Und das verwunderte ihn dann doch ein wenig. Allerdings hatte sie ja in den dreißig Jahren, die sie in der Provinz verbracht hatte, weiß Gott

Zeit genug zum Lesen gehabt, aber dass ihr auch viel daran lag, war offensichtlich. Wenn er zum Beispiel, weil er einfach müde war, irgend einen Unsinn daher redete oder ein Schlagwort von sich gab, das momentan en vogue war, dann kannte sie keinerlei Nachsicht, rügte ihn und wirkte irgendwie gereizt und erstaunt, als hätte er sich soeben als seiner selbst unwürdig erwiesen.

Und wenn er dann, obwohl er vom Gegenteil überzeugt war, antwortete: »Ich bin eben nicht sonderlich intelligent, mein Schatz, damit musst du dich einfach abfinden«, dann entgegnete sie kühl und herzlos:

»Du könntest es aber sein, wenn du es nicht aufgegeben hättest, deine Intelligenz für etwas anderes als dein Privatleben einzusetzen. Du bist nicht wissbegierig. Ich frage mich ohnehin schon, wieso sie dich behalten haben bei deiner Zeitung.«

»Weil ich sehr fleißig und sehr friedfertig bin und enorm gut Schreibmaschine schreiben kann.«

Dann zuckte sie nur mit den Achseln, lachte wohl auch, doch in diesem Lachen schwang ein gewisser Vorwurf mit. Wenn sie an diesem Punkt angelangt waren, war Gilles im Grunde seines Herzens entzückt, denn es hatte ihm schon immer gefallen, wie ein Kind gescholten zu werden, und natürlich endete das Ganze jedes Mal in Liebesgeflüster und -gerangel. Sie war ihm ja ausgeliefert, und in ihre Wollust hinein warf er, zwar abgehackt und keuchend, immer mal wieder seine Frage ein, ob ihr das, was ihr minderbegabter Geliebter ihr gerade im Begriff war, zu verschaffen, nicht doch vielleicht gefiel. Für ihn war dies alles nichts weiter als jenes einmalige Stadium der Liebe, wo man sich mit Wonne streiten und sich nicht im Entferntesten vorstellen kann, dass die Anlässe zu derlei liebevollen Wortgefechten Auslöser und Vorboten für weit weniger heitere Zweikämpfe sein könnten.

4

ZUM ERSTEN MAL in den zwei Monaten seit er wieder arbeitete, hatte er Lust, allein etwas trinken zu gehen, bevor er heimging. Was für ein Genuss es doch war, den ungebundenen jungen Mann zu spielen, wenn jemand, den man liebte und der einem sicher war, andernorts auf einen wartete. Alleinstehende Männer versackten in diesen Pariser Cafés, glücklichen Liebhabern hingegen waren sie Sprungbrett. Er ließ sich Zeit, schäkerte mit dem Mädchen hinter dem Tresen und blätterte die Abendzeitung durch. Er verschwendete keinen Gedanken daran, warum er nicht direkt nach Hause ging, sondern war Nathalie insgeheim dankbar, dass sie ihm durch den albernen Aufschub, den er sich gönnte, bis er sie wiedersah, die Möglichkeit verschaffte, allein bei der Vorstellung in Hochstimmung zu geraten, er sei ein freier junger Mann. Freiheit gab es ja immer nur in Bezug auf jemand anderen. Und wenn man dann noch glücklich war wie er, war das doch die größte Freiheit, die man sich denken konnte. Heute hatte er viel gearbeitet, und obendrein stand noch ein Abendessen mit Fairmont, Jean und Nathalie an. Ob Fairmont seine Frau mitbringen würde, war noch unklar, aber eher unwahrscheinlich, weil Jean und Gilles ja ihre Geliebten mitbrachten. Er musste jetzt wirklich schleunigst nach Hause und sich umziehen. Aber dieses Gefühl von ungezwungener Lässigkeit, das er hier am Tresen empfand, ließ sich nicht so leicht abschütteln. Wenn er heimkäme, wäre Nathalie vermutlich schon da, wenn auch vielleicht etwas erschöpft von ihren unaufhörlichen Entdeckungstouren quer durch Paris, durch die Museen, die verschiedenen Stadtviertel, Touren, die sie Tag für Tag mit derselben Begeisterung unternahm und die er stets mit einer gewissen Skepsis beäugte. Mittlerweile kannte sie schon Straßen, Cafés und Gemäldegalerien, von denen er noch nie gehört hatte, und mit einer Mischung aus Unruhe und Ungeduld fragte er sich so manches Mal, wann sie wohl endlich alles von dieser Stadt gesehen haben würde? Was würde sie dann wohl tun? Jeden Abend aßen sie auswärts, ab und zu gingen sie auch in den Club, wo sie sich jedes Mal absonderte, mit all den Spaßvögeln, die er ihr vorstellte, eindeutig nichts zu tun haben wollte und sich voll und ganz auf ihn und in geradezu »russischer« Seelenverwandtschaft auf Nicolas konzentrierte. Dabei erfuhr er, was ihn erstaunte, dass dieser Einfaltspinsel von Nicolas sehr belesen, in relativ nüchternem Zustand auch recht gescheit war und sich von Mal zu Mal, was jeder sehen konnte, mehr in Nathalie verliebte. Eigentlich recht amüsant: Anstatt sich über den Lebenswandel eines gefeierten Bühnenstars das Maul zu zerreißen, diskutierten die beiden über den Charakter einer Zola-Figur, und obgleich es dazu nichts Neues zu sagen gab, lernte er doch so mancherlei. Später dann empörte sich Nathalie ihm gegenüber, dass es doch wirklich eine Schande sei, dass dieser Nicolas noch keinen Produzenten gefunden habe, der weitsichtig genug wäre, ihm dreihundert Millionen in die Hand zu drücken, und dass es geradezu als Wunder zu werten sei, dass dieser Junge nicht endgültig verbittert war. Er ließ sie reden, weil es ihm Spaß machte und er keine Lust hatte, ihr zu erklären, dass dieser Nicolas, was jeder wusste, ein ausgemachter Faulpelz war, sich nach sechs erfolglosen Entziehungskuren sicher zu Tode saufen würde und schon seit zehn Jahren in jeder Hinsicht als Versager galt. Manchmal setzte sich Jean mit seiner kuhäugigen Marthe zu ihnen. Von deren Gesicht war abzulesen, dass sie Nathalie und alles, was diese sagte, als ungehörig, wenn nicht gar als unanständig empfand, denn aus ihrer Sicht hatten Frauen zuzuhören und zu schweigen. Einen ähnlichen Ausdruck von Gereiztheit entdeckte Gilles sogar von Zeit zu Zeit auch in Jeans

Augen, was verständlich war: Seit fünfzehn Jahren redeten sie beide über die Köpfe junger Frauen hinweg, die zwar begehrenswert, aber eben auch unterwürfig waren. Und nun war da eine zwischen ihnen, die begehrenswert und voller Leben war, das konnte ja nur Eifersucht hervorrufen. Eine dieser Eifersüchteleien unter Freunden, die aber oft die schlimmsten sind. Doch mit Nachsicht und in gewisser Weise auch mit Stolz hörte Gilles zu, wie Nathalie Fragen stellte, schlagfertig, manchmal gar schnippisch konterte, ohne dass er sich bemüßigt gefühlt hätte, sie zurechtzuweisen. In ein oder zwei Stunden würde sie ohnehin wieder ganz ihm gehören, sich, wie sonst nie, unterwerfen, und das genügte ihm völlig. Dass diese Minerva sich blitzschnell in eine Liebesgöttin verwandeln konnte, wusste er schließlich. Und wenn sie auch noch nicht den im Club üblichen Modetrend übernommen hatte – der letzte Schrei waren zur Zeit schmale hohe Stiefel oder Flatterhosen –, so vergaß man angesichts ihrer stolzen Kopfhaltung, ihrer grünen Augen, ihres gebändigten Temperaments sowohl das kleine Schwarze als auch die längst nicht mehr gefragten Perlenketten, an denen sie unbeirrt festhielt. Auf Gilles wirkte es erregend, geradezu erotisch, wenn er diese ein wenig aus der Zeit gefallene junge Frau ansah, und leidenschaftlich über Balzac debattieren hörte, diese junge Frau, die all die ausgelassenen, nur an Klatsch interessierten Nachtschwärmer, die einander alle kannten, nach wie vor siezte, diese junge Frau, die in wenigen Stunden splitternackt und sicherlich weitaus hemmungsloser als irgendeine dieser modesüchtigen jungen Bräute bei ihm liegen würde. Dass er beneidet wurde, hatten ihm vielsagende Blicke der wenigen hier anwesenden Frauenkenner ohnehin längst verraten.

Mit Fairmont waren sie in einem Spitzenrestaurant auf der *Rive droite* verabredet. Durch Gilles' Trödeln hatten sie ein wenig Verspätung. Fairmont war allein gekommen und entschuldigte seine Frau mit einem so fadenscheinigen Satz, dass Gilles und Jean lächeln mussten. Der flüchtige Blick, den er Nathalie zuwarf, verriet sein Erstaunen, nicht wie erwartet ein Starlet vor sich zu haben, woraufhin er, leicht verwirrt, eilfertig die Bestellung aufgab. Marthe, von Jean wohl im Voraus entsprechend instruiert, blickte in schier grenzenloser Bewunderung zu Fairmont auf, was Gilles zum Lachen brachte. Er wusste, dass der Chef mit ihm zufrieden war und Nathalie ihn gern kennenlernen wollte, folglich würde alles problemlos über die Bühne gehen. So war es auch – zu Anfang: Fairmont fragte Nathalie, ob ihr das Lokal gefalle, und sie antwortete, sie sei mit ihrem Mann schon ein paar Mal hier gewesen, und die Austern seien besonders köstlich. Dann stellte Fairmont, der sich offenbar kundig gemacht hatte, ein paar unvermeidliche Fragen zum Limousin, die Nathalie möglichst knapp beantwortete, um das Gespräch in allgemeinere Bahnen zu lenken, was für Entspannung sorgte. Eigentlich bestritten es aber ausschließlich Fairmont und Nathalie. Im weiteren Verlauf blickte er sie jedoch wieder ein wenig skeptisch an, als frage er sich, wieso sie an jemandem wie Gilles Gefallen finden konnte, und als Nathalie dies erriet, lächelte sie ihren Geliebten so überaus zärtlich an, dass dieser unter dem Tisch kurz ihre Hand drückte. Dass Fairmont seinerseits gefallen wollte, war jetzt deutlich zu merken, er war leicht beschwipst und schwadronierte, während Marthe höchst angestrengt ihre Kuhaugen zusammenkniff.

»Wir befinden uns momentan in einer höchst komplizierten Lage«, ließ Fairmont sich vernehmen. »Die Ereignisse sind derart widersprüchlich …«

»Das waren sie doch schon immer«, konterte Nathalie.

»Was soll's«, sagte Fairmont abrupt, »das Herz muss entweder brechen oder sich verhärten, wie schon Stendhal sagte.«

»Ich glaube, das war Chamfort«, entgegnete Nathalie.

»Wie bitte?«

Fairmont war erstarrt, die Gabel in der Luft. Er war zwar durchaus dazu bereit, seine Mitarbeiter, ja sogar deren Geliebte obendrein, zum Essen einzuladen, aber Belehrung in puncto Bildung goutierte er ganz und gar nicht. Ein leichter Fußtritt von Gilles unter dem Tisch bewirkte bei Nathalie nur einen erstaunten Blick in seine Richtung.

»Bedaure, Ihnen widersprechen zu müssen«, sagte Fairmont entschieden, »aber es war Stendhal. Ich glaube sogar, es steht in der Kartause von Parma«, ergänzte er versonnen, und diese Nuance versetzte Gilles in Panik, da sie einen leichten Zweifel erkennen ließ und dieser bewies, dass Nathalie recht hatte.

»Wie dem auch sei«, sagte er daher hastig, »ein großartiger Satz!«

»Wenn Sie gestatten, werde ich es nachprüfen«, sagte jetzt wieder Fairmont, zu Nathalie gewandt. »Aber wie dem auch sei«, säuselte er in Richtung Gilles, »ich bin entzückt, Sie in Begleitung einer so gebildeten jungen Dame zu sehen – mal ganz was Neues.«

So sprach er, wenn er zornig war, daher schwieg Gilles einen kurzen Augenblick, verneigte sich dann und sagte:

»Merci.«

Jetzt war auch er allmählich wütend, auf Fairmont, der sich rüpelhaft benommen hatte, und auf Na-

thalie, die ungeschickt reagiert hatte, was ihr selbst schon die Röte ins Gesicht trieb. Eine Minute quälenden Schweigens entstand, und eben als Gilles zu Lobeshymnen über das sämige Soufflé ansetzen wollte, hörte er Nathalie dicht neben sich sagen:
»Ich bin untröstlich. Wenn ich geahnt hätte, dass die Richtigstellung eines Zitats Sie derart verärgern würde, hätte ich natürlich geschwiegen.«
»Nichts, was von einer hübschen Frau kommt, kann mich verärgern«, erwiderte Fairmont süffisant lächelnd.
Er wird mich zum Laufburschen degradieren, schoss es Gilles durch den Kopf. Flehentlich sah er zu Jean hinüber, doch der verfolgte das alles mit unbewegter Miene, wenn er nicht gar insgeheim frohlockte. Weil Fairmont endlich einmal Paroli geboten wurde? Oder weil Nathalie Gilles durch ihr Verhalten in eine peinliche Lage gebracht hatte? Tatsache war, dass der Rest des Abends eher schleppend verlief und man ungewöhnlich früh auseinander ging.
Als sie allein und wieder zu Hause waren, sprach Nathalie dieses Thema direkt an:
»Du bist wütend, nicht wahr? Er hat es darauf angelegt … ich habe selten solch einen Angeber gesehen.«
»Immerhin verdanken wir ihm unseren Lebensunterhalt – noch.«

»Das ist noch lange keine Rechtfertigung dafür, Stendhal und Chamfort zu verwechseln«, bemerkte sie ungerührt, »und schon gar nicht mit diesem albernen Autoritätsgehabe …«

»Albern oder nicht, er ist mein Chef.«

Es ärgerte ihn, dass er sich selbst so etwas sagen hörte. Er klang ja schon wie ein karrieregeiler Duckmäuser oder wie ein abgeklärter alter Hase! Jedenfalls nicht wie der gewitzte und ungezwungene Journalist, als der er sich sah. Und das wegen dieser Frau an seiner Seite, die ihn anlächelte. Warum spielte sie das Spiel nicht einfach mit? Sie wusste doch, dass die Dinge nun mal so sind, wie sie sind, und dass es Situationen gibt, wo man Gefallen erregen und den Mund halten muss, selbst wenn man hinterher über die eigene Feigheit lacht. Offenheit war nicht angesagt im Paris des Jahres 1967 und schon gar nicht in diesem Metier. Das war doch sonnenklar, und nur Böswilligkeit konnte dazu führen, dieser Regel zuwider zu handeln. Warum nur immer dieser Absolutheitsanspruch bei ihr, dieser Abscheu vor Halbwahrheiten, die doch – bedauerlicherweise oder nicht – einzig dazu angetan waren, ein ruhiges Leben zu garantieren? Er fühlte sich durch Nathalie verraten, was er ihr auch sagte.

»Wenn ich mich mit Halbheiten begnügen könnte, dann wäre ich nicht hier, sondern in Limoges, und würde nur alle zwei Wochen vorbeischauen, um eine Liebesnacht mit dir zu verbringen.«

»Jetzt verwechselst du aber Gefühlsäußerungen und Verbalattacken wie vorhin. Du bist hierhergekommen, weil du mich liebst und ich dich liebe und weil das für uns das einzig Mögliche war. Aber eine solche Notwendigkeit bestand doch nicht heute Abend gegenüber Fairmont, um dein Verhalten ihm gegenüber zu rechtfertigen.«

»Ich wollte dir nur erklären, dass ich, wenn ich diesen Mann hätte ertragen können, auch mein früheres Leben weiterhin hätte ertragen können.«

Irgendetwas machte Gilles rasend, eine Art Groll, den er so noch nie verspürt hatte.

»Kurz gesagt, du findest dich großartig in deiner Rolle: die Frau, die alles aufgegeben hat für ihren Geliebten, die sämtliche Museen abklappert und vor Kunstwerken in Trance verharrt, die in herumstreunenden Typen wie Nicolas Tschechow'sche Helden entdeckt, die über alles erhabene, unbeirrbare Frau, die sich rein zufällig mit einem zweitrangigen, schwächlichen und weit weniger noblen Schreiberling eingelassen hat, der Inbegriff einer Frau, verständnisvoll und leidenschaftlich, einer Frau, die ...«

»Das stimmt«, fiel sie ihm ins Wort, »ich bin tatsächlich jemand, der sich nicht so leicht verbiegen lässt. Doch erstens bin ich nicht stolz darauf und zweitens war ich der Meinung, dass du mich auch deswegen liebst.«

»Ach ja, und außerdem hast du leider immer recht«, sinnierte er laut.

»Gilles!«

Er sah sie an. In ihren Augen lag entsetzliche Panik. Er nahm sie in die Arme. Im Grunde benahm er sich ja wirklich wie ein wahrer Schuft. Tagelang ließ er sie allein in einer ihr fremden Stadt, zwang sie, mit Menschen, die ihr nicht das Wasser reichen konnten, zu Abend zu essen und warf ihr dies alles auch noch vor. Vielleicht langweilte sie sich ja zu Tode in Paris, vielleicht waren ihre verzweifelten Versuche, sich wenigstens einen Rest Würde als Geliebte eines Mannes wie ihm zu bewahren, nichts anderes als der Selbsterhaltungstrieb, der ihr genauso lebenswichtig war wie ihre leidenschaftliche Liebe zu ihm ... Wieso wollte sie ihn eigentlich nicht heiraten? Er hatte es ihr schon zigmal vorgeschlagen, und immer hatte sie sich geweigert. Natürlich seinetwegen, das war ihm klar. Es stimmte ja, dass er vor der Ehe zurückscheute, dass er so etwas als dumm, als spießig empfand, und spießbürgerlich wollte er ja gerade nicht sein! Aber sie hätte einfach ja sagen sollen, sich scheiden lassen, ihn an den Haaren zum Standesamt schleifen, ungeachtet seiner Vorbehalte, seiner Befürchtungen, die sie ja erahnte. Manchmal muss man den anderen einfach zwingen, oder bewusst aufhören, ihn verstehen zu wollen, im eigenen Interesse und gegen den Widerstand des anderen handeln und ihm letztlich damit Gutes tun. Aber dazu wäre sie niemals fähig, und deswegen liebte er sie. Eine verzwickte Situation.

»Komm, gehen wir schlafen«, sagte er zärtlich. »Es ist spät.«

In diesem Doppelbett würde es zumindest keine Probleme geben. Das dachte sie sich vermutlich auch, denn sie war noch leidenschaftlicher, noch zärtlicher als in all den Nächten zuvor. Dennoch wachte er gegen fünf Uhr auf und sah Nathalie regungslos im Dunkeln neben sich sitzen, die Augen weit geöffnet, eine Zigarette im Mund. Er bemühte sich, richtig wach zu werden, wollte sie nach dem Grund fragen, aber da war etwas in ihm, das ihn die Augen wieder schließen und schweigen ließ. Typisch für einen Feigling. Die Aussprache konnte bis morgen warten – sofern es denn etwas zu besprechen gab.

5

»Sie nehmen doch auch noch einen kleinen Cognac, nicht wahr? Zeit genug haben wir ja.«
Am liebsten gleich ein Dutzend, sagte sich Gilles. Er kochte innerlich. Noch waren sie in einem dieser für ihre hausgemachten Pasteten berühmten Restaurants, doch in einer Viertelstunde würden sie in einem Theater sitzen, um sich das Stück anzusehen, das in aller Munde war und das Nathalie sich nicht entgehen lassen wollte. Sie hatte mit einer Jugendfreundin, die in Paris lebte, Kontakt aufgenommen, durchaus gescheit, aber völlig reizlos und unansehnlich, und zu allem Übel auch noch verheiratet mit einem sogenannten Unternehmer, einem Großmaul und Bonvivant ohnegleichen. Nathalie hatte diesen Abend organisiert, Gilles allerdings auch vorgewarnt, dass der Mann ihrer Freundin sterbenslangweilig sei. Kaum hatten sie Platz genommen, überließ sie Gilles und diesen Trottel sich selbst und schnatterte vergnügt mit der alten Freundin über gemeinsame Kindheitserlebnisse, während er, Gilles, schon dem Nervenzusammenbruch nahe war, nachdem er

lauter Geschwätz über Börsenkurse, Steuerfragen, Restaurants und den Gaullismus über sich hatte ergehen lassen müssen.

»Glauben Sie Ihrem Freund Roger – ich darf Sie doch Gilles nennen, alter Junge –, wir werden ihn nötig haben, den Cognac. Was mich betrifft, ich schlafe im Theater jedes Mal auf der Stelle ein, aber mindestens ein Mal pro Monat schleift meine Frau mich hin.«

Da haben wir wenigstens eine Gemeinsamkeit, dachte Gilles angewidert. Bedauernswerte Kreaturen, die nur arbeiten und dann abends mit ihren Frauchen auch noch ausgehen müssen.

Roger ließ nicht locker:

»Vor allem, seit man das Fernsehen hat, na ja, über die Qualität sind wir uns ja einig, aber manchmal gibt's auch interessante Dinge. Und da sitzt man bequem im Sessel, kann rauchen, ein Gläschen trinken und muss nicht Unsummen ausgeben, um sich tödlich zu langweilen. Hab ich nicht recht?«

»Ich gehe gerne ins Theater«, erwiderte Gilles bestimmt. »Aber gegen einen kleinen Cognac habe ich trotzdem nichts einzuwenden.«

»Und weißt du noch …?«, begann Nathalie von neuem, wandte sich dann aber plötzlich ihnen zu. »Worüber redet ihr beide denn gerade?«

Sie warf Gilles einen flehentlichen Blick zu, ganz so, als ob sie um Verzeihung bitten wollte.

»Übers Theater«, antwortete er spöttisch. »Monsieur … pardon … Roger zieht allerdings das Fernsehen vor.«
»Ich kriege ihn abends kaum vor die Tür", sagte die Jugendfreundin. »Aber wir haben eine Abmachung getroffen: Ein Mal pro Monat schleppe ich ihn ins Theater.«
»So wird's bei uns bestimmt auch kommen«, sagte Gilles, zu Nathalie gewandt, und mit bösartigem Grinsen fügte er hinzu: »Rituale machen ja die Stärke von Paaren aus.«
Nathalie lächelte nicht. Ihr eben noch so fröhliches Gesicht bekam einen derart deutlichen Ausdruck von Hilflosigkeit, dass
ihm seine Worte schon wieder leid taten. Wenn man's genau bedachte, hatte sie in Paris ja nur diese bedauernswerte Freundin, und schließlich konnte sie ja auch nichts dafür, dass deren Mann so war, wie er nun einmal war, und ins Theater zu gehen bereitete ihr nun mal große Freude. Warum musste er ihr diesen Abend verderben?
»Möchtest du auch einen Cognac?«, fragte er.
Über den Tisch hinweg hatte er nach ihrer Hand gefasst, und lächelte sie an. Sie warf ihm einen dankbaren Blick zu, der ihm mit einem Mal das Herz zusammenschnürte. Er war verletzend, beziehungsweise, das spürte er jetzt schon, würde es ihr gegenüber eines Tages sein. Was war denn

schon so schlimm daran, dass sie ihm ein Mal einen öden Abend zumutete? Wie viele hatte sie schon erdulden müssen in den letzten drei Monaten mit seinen Kumpanen? Allerdings, so ein grässlicher Schwätzer wie dieser Roger war immerhin nicht darunter. Um so einen in Paris ausfindig zu machen, musste man wirklich aus der tiefsten Provinz stammen.

»Wir müssen uns beeilen«, sagte jetzt die Freundin, und zu Gilles gewandt: »Sie können sich gar nicht vorstellen, wie glücklich ich bin, dass Nathalie jetzt auch in Paris lebt. Wir werden uns nun hoffentlich häufig sehen …?«

In ihrer Stimme verbarg sich eine etwas ängstliche Frage. Sie war sich wohl genau darüber im Klaren, wen sie da geheiratet hatte. Aber vorwerfen konnte man ihr das nicht, denn es war eigentlich logisch: Einer hässlichen Landpomeranze läuft ein Pariser Lebemann über den Weg … Logisch zwar, aber wie konnte sich Nathalie bloß mit ihr vergleichen, dachte Gilles empört. Allerdings waren sie irgendwie ähnlich gekleidet, und geplappert hatten sie wie zwei Schulmädchen, was für Pariserinnen undenkbar war, die gewöhnlich viel zu sehr um ihre Männer bangten, als dass sie derlei Privatgespräche geführt hätten. Aber Nathalie war schön und alles andere als spießbürgerlich, und außerdem liebte sie ihn.

»Bestimmt«, erwiderte er lächelnd. »Und zur Abwechslung können wir uns dann ja auch einmal einen Western anschauen.«

»Ausgerechnet heute Abend läuft einer im Fernsehen«, klagte Roger. »Weißt du was, alter Junge? Das nächste Mal bleiben wir beide zu Hause, machen uns einen schönen Junggesellenabend und schicken unsere Frauen los, die sich dann ihren Kram ansehen können. Wäre das nicht eine gute Idee?«

Allein schon die Vorstellung eines solchen Abends versetzte Gilles einen derartigen Schock, dass Nathalie ein nervöses Lachen befiel. Selbst im Theater musste sie noch heimlich lachen, hatte aber im Dunkeln nach seiner Hand gefasst. Er ergriff sie, schob sie unter sein Jackett, legte sie auf seinen Oberschenkel, wollte sie dadurch ein wenig aus der Fassung bringen und reizen, doch schon nahm das Stück sie gefangen, sodass sie ihn gar nicht mehr beachtete. Es war in der Tat ein sehr gelungenes Stück, aber Gilles, der sich nach diesem verdammten Abendessen schwerfällig fühlte und dessen Nerven bloß lagen, ließ es nur an sich vorüberrauschen.

In der Pause tranken sie den obligaten Whisky, und während die beiden Frauen angeregt diskutierten und Roger sich noch ein paar zusätzliche Gläschen genehmigte, schaute Gilles sich trübsinnig ein wenig um: Ja, hatte sich denn die ge-

samte Provinz heute hier verabredet? Da waren junge Paare oder auch solche reiferen Alters, zu zweit oder zu viert, die Damen in Streifenskunks, in mehr oder minder gut geschnittenen Nerzen, alle sonntäglich herausgeputzt und offensichtlich stolz, hier zu sein, jedenfalls hatte jeder und jede etwas zu den Intentionen des Autors zu sagen. Diese Selbstgefälligkeit und gespielte Lässigkeit – typisch für das französische Spießbürgertum! Er wusste zwar, dass es – abgesehen von der Eleganz – schon bei den Generalproben ähnlich zuging, aber diese Eleganz, ob nun künstlich oder nicht, erschien ihm plötzlich ausschlaggebend. Ein Snob musste man sein – oder Kommunist –, aber weder für das eine noch für das andere vermochte er sich zu entscheiden. Nachdem sie in Theaternähe, in einem trüben Schuppen, den unvermeidlichen Abschiedstrunk zu sich genommen hatten, trennte man sich – endlich! Dann saßen sie in seinem alten Simca, den er wieder zurückgekauft hatte, und Gilles sagte vorsichtshalber, aber auch in leicht sadistischer Stimmung, kein Wort – ein Schweigen, das Nathalie dann brach. Traurig sagte sie:
»Du hast dich entsetzlich gelangweilt, nicht wahr?«
»Aber nein, das Stück war tatsächlich sehr gut. Trinken wir noch ein letztes Gläschen im Club?«
»Weißt du, sie war wirklich ein außergewöhnlich nettes Mädchen«, sagte Nathalie anstatt einer

Antwort. »Besonders liebenswürdig und schon immer schwärmerisch veranlagt.«
»Sie macht auch einen netten Eindruck, nur schade, dass sie diesen Typen geheiratet hat.«
»Ja. Höchst bedauerlich.«
Er wandte ihr das Gesicht zu und lächelte:
»Weißt du eigentlich, dass ich dich liebe, Nathalie?«
Er wusste nicht, warum er das jetzt sagte, spürte nur, dass es gesagt werden musste. Sie fasste nach seiner Hand, die das Steuer hielt, und drückte sie schweigend. Jetzt hatten sie fast den Club erreicht. Die verräucherte Atmosphäre, das aufgeregte, lärmende Stimmengewirr, das vertraute Gesicht des Türstehers, das alles wirkte auf Gilles wie eine erlösende Verschnaufpause. Eigentlich seltsam, dieser Gedanke. Sie fanden sofort einen kleinen Zweiertisch und tranken hastig jeder ein Glas. Auf einmal fühlte Gilles sich wie befreit, eine ausgelassene Heiterkeit überkam ihn, er hatte Lust sich zu betrinken, dummes Zeug zu reden, sich aus Jux mit jemandem zu prügeln, irgendwelchen Blödsinn zu veranstalten.
Plötzlich entdeckte er, ganz hinten im Lokal, Jean inmitten einer Gruppe Unbekannter, und als er bemerkte, dass Jean ihn herbeiwinkte, sprang er sofort auf und schleifte Nathalie hinter sich her. Endlich war er wieder unter seinesgleichen, den Nachtschwärmern, den kaputten Typen, den

Säufern, den Nichtsnutzen. Erst kurz bevor er deren Tisch erreichte, erkannte er Eloïse. Sie sah hinreißend aus, extravagant mit einem extrem kurzen Lederensemble, über und über mit Ketten behängt. Unbefangen lächelte sie ihn an, warf einen wohlgefälligen Blick auf Nathalie und stellte ihm dann förmlich einen hochgewachsenen, leicht angetrunkenen Amerikaner vor, so wie gewisse Frauen ihren aktuellen Liebhaber vorstellen. Jean lächelte, erhob sich und bot dann Nathalie einen Platz neben sich an. Bestimmt würde sie ihm jetzt gleich von dem Theaterstück erzählen, Jean liebte derartige Themen, folglich war alles bestens. Er, Gilles, konnte sich also ruhig ein bisschen gehen lassen. Der Amerikaner hatte ihn bei den Schultern gepackt und versuchte, trotz der lauten Musik, ihm etwas zu sagen, was er aber nicht verstand.

»Eloïse und Sie …? Before? Yes?«

Lachend wies er mit dem Zeigefinger mal auf Eloïse, mal auf Gilles. Da begriff dieser endlich und lachte mit:

»Yes, it is me.«

Er fing Nathalies Blick auf und lächelte. Im Grunde war es ihm nicht unlieb, dass sie Eloïse endlich kennenlernte, vor allem diese Eloïse in Höchstform. Das sprach ja in gewisser Weise für ihn. Und für sie.

»Ja, der da hat mich so gequält!«, schrie Eloïse gegen den Lärm an.

»Bad guy«, sagte der Amerikaner, der Gilles nun schüttelte.
»Und jetzt Sie ganz allein?«
»Nein«, brüllte Gilles, denn die Musik wurde immer lauter, »ich liebe jene Dame dort.«
»Welche?«
Er zeigte mit dem Finger auf Nathalie, bemerkte ihren fast schon entsetzten Gesichtsausdruck und ließ die Hand sinken. Hatte sie verstanden, worum es hier ging? Na, wenn schon. Er hatte diesem sympathischen, anständigen Kerl ja nur gesagt, dass er sie liebte. Das war ja nicht indiskret, nur ein unter Nachtschwärmern übliches Zeichen von Vertrautheit, von menschlicher Zugewandtheit, ohne weitere Bedeutung. Er kippte ein großes Glas Scotch hinunter. Nach solch einem Abend hatte er ja wohl das Recht, sich ein wenig zu entspannen! Das hatte er sich schließlich verdient.
»Hat dir das Stück gefallen?«, fragte Jean.
»Hinreißend«, erwiderte er, »absolut hinreißend!«
Jean lachte nur und wandte sich wieder Nathalie zu. Gilles war vergnügt, er hatte sich nichts vorzuwerfen, durfte endlich einmal wieder unbeschwert und ausgelassen sein. So würde dieser öde Abend doch noch ein gutes Ende nehmen.
»Du könntest ruhig mal wieder mit mir tanzen«, sagte Eloïse, »in Erinnerung an die guten alten Zeiten.«

Er war ein schlechter Tänzer und tanzte auch nicht gern. Aber was machte das schon? Also schlitterte er inmitten einer hämisch grinsenden Menschenmenge quer über die Tanzfläche, wobei die Blicke der Männer hauptsächlich an Eloïse haften blieben, die in ihrem knappen Ledergewand aussah wie die Gefährtin von Tarzan.

»Mein Gott, du tanzt ja noch immer genauso schlecht wie früher«, ließ sich Eloïse vernehmen.

Er lachte, antwortete aber nicht. Er hatte ihr Parfum wiedererkannt. Wie angenehm, diese Duftmarken der Frauen, wie Flurmarkierungen auf dem Lebensweg.

»Und sonst?«, fragte sie jetzt.

»Du bist richtig frech geworden«, sagte er, »aber hier kann ich dir nicht antworten.«

Wieso eigentlich nicht? Mit dieser »Nouvelle Heloïse« noch einmal ins Bett zu gehen könnte doch recht amüsant sein? Er wies sie auf sein gelungenes Wortspiel hin, aber sie schien es nicht zu begreifen. Nathalie würde es sofort verstehen, mit ihrer Bildung. Sie tanzte gerade an ihm vorbei, in den Armen des Amerikaners, er stolperte etwas dahin, und ihr schien das eher peinlich zu sein. So amüsier dich doch endlich auch mal!, dachte Gilles, fast schon in Rage, amüsier dich doch einfach! Eloïse und er kamen als Erste an ihren Platz zurück, Nathalie und der Amerikaner tanzten noch.

»Deine Freundin scheint sich nicht gerade zu amüsieren«, bemerkte Eloïse.

»Dein Freund tritt ihr wahrscheinlich ständig auf die Füße«, konterte Gilles.

»Ein richtig netter Kerl«, sagte sie.

Noch vor ein paar Monaten hätte sie von keinem Mann gesagt, er sei »richtig nett«, und das Gegenteil – »richtig gemein« – dürfte sie auch erstmals mit mir entdeckt haben, sagte Gilles sich insgeheim. Plötzlich wurde er sentimental, das war wohl der Alkohol:

»Sag, dass du glücklich bist, Eloïse.«

»Wenn dich das beruhigt ...«, erwiderte sie schnippisch und wandte sich ab.

Im gleichen Moment sah er Nathalies Profil im Geiste vor sich. Sie hielt den Kopf geneigt und schien traurig zu sein. Ganz schnell musste er noch ein Glas hinunterkippen. Die Frauen waren doch alle gleich, nie waren sie glücklich. Und immer war es die Schuld der Männer. Es blieben einem wirklich nur die Freunde. Er warf einen vielsagenden Blick zu Jean hinüber, den dieser sogleich erwiderte.

Jetzt kam auch Nathalie an den Tisch zurück. Er erhob sich, doch sie sah ihn nur an und fragte zögernd:

»Bist du nicht auch müde?«

Jetzt wollte sie also nach Hause, ausgerechnet jetzt,

da er sich amüsierte, endlich anfing, sich auch einmal wieder zu amüsieren ...!

»Nein«, sagte er, »komm, tanz mit mir.«

Zum Glück war es ein Blues, ein Ohrwurm dieses Sommers. Schlagartig fiel ihm das Gartenfest in Limoges wieder ein, wo er ihr diesen Tanz abgetrotzt hatte, weil er so eifersüchtig gewesen war – auf den Bruder. Und die wilden, die verstohlenen Küsse im Schutz eines Baumes ... Nathalie! Dieses sanfte Wiegen Körper an Körper im Takt der Musik – er begehrte sie, er liebte sie, seine blaustrümpfige, wunderliche, wilde Provinzkönigin! Er beugte sich zu ihr, flüsterte es ihr ins Ohr, und sie legte den Kopf auf seine Schulter. Wie weggeblasen waren die Freunde, die Ex-Geliebten, die Komplizen, es gab nur noch sie.

Viel, viel später, es war schon früher Morgen, traten sie wieder hinaus ans Licht. Nathalie musste fahren, er konnte sich kaum aufrecht halten, doch große Worte und wirre Gedanken quollen nur so aus ihm hervor. Im Grunde wusste er, wie es um sie beide bestellt war: Solange er krank gewesen und wie ein Kind von ihr umsorgt worden war, hatte er sich in dieser Liebe geborgen und mit sich im Einklang fühlen können. Jetzt, da es an ihm war, sich um sie zu kümmern, sie zu verteidigen, befand er sich im Zwiespalt: Auf der einen Seite der Gilles von früher, auf der anderen derjenige,

der Nathalie liebte. Das alles erklärte er ihr mit schwerer Zunge, während sie ihn ins Bett brachte und nichts dazu sagte.
Frühmorgens weckte ihn ein Bote mit einem riesigen Blumenstrauß, und eine gähnende Nathalie erzählte ihm, dass der Amerikaner sie stundenlang mit einem Heiratsantrag bedrängt hatte.

6

Den ganzen Tag über hatte er daran zu kauen. Wenn man's recht bedachte, stand er neben dieser Frau immer wie ein Dummkopf da. Er verstand rein gar nichts vom Theater, nicht viel von Literatur, erst recht nichts von Anstand und gutem Stil, und wenn er zufällig mal den Komiker gab und sich auf sicherem Terrain wähnte, stellte sie ihn klammheimlich ebenfalls wieder in den Schatten. Wie musste sie sich amüsiert haben, als er der unbedarften Eloïse den Hof machte, dieser Eloïse, die der reiche Amerikaner, der nicht auf den Kopf gefallen war, unverzüglich eingetauscht hätte gegen Nathalie. Der hatte, wenn auch vom Alkohol benebelt, sofort gewittert, dass hinter ihren tadellosen Manieren und ihrem Wesen voller Anstand ein absolutes Vollblutweib steckte. Wie hatte sie gelacht, als Gilles mit diesem Blumenstrauß am Morgen wie ein Vollidiot ins Schlafzimmer zurückgekommen war. Bevor sie ihm alles erklären konnte, saß er schon eine Weile auf der Bettkante und murmelte vor sich hin: »Na, so was, so was …«, woraufhin sie ihm lachend den Strauß aus der

Hand nahm und sich aufsetzte, um ihm einen Kuss zu geben.
»Und was hast du ihm geantwortet?«
»Dass er sehr liebenswürdig sei, ich aber schon einen anderen hätte, an dem ich sehr hänge. Ich habe nur vergessen, mit dem Finger auf dich zu zeigen«, fügte sie wie beiläufig hinzu.
»Ganz schön kaltschnäuzig, dieser Amerikaner«, erwiderte Gilles, und lachte gezwungen.
In Wirklichkeit war er beleidigt. Neben ihr konnte er nie brillieren, das war's. Sie liebte ihn, gewiss, aber innerlich war sie viel stärker als er. Einen Moment lang gestand er sich ein, dass genau das vor drei Monaten doch seine Rettung gewesen war, aber fast gleichzeitig sann er darüber nach, wie er ihr das Gegenteil beweisen könnte. Wenn man's recht bedachte, war es eben doch sie gewesen, die von Anfang an sämtliche Initiativen ergriffen hatte. Er hatte einzig und allein ihre Abreise beschleunigt. Sie hatte ihn sich ausgesucht, ihn verführt und dazu gebracht, mit ihr zu leben. Und wenn er ihr weiterhin freie Hand ließe, würde sie ihm bald schon von A bis Z ihren Lebensstil diktieren. Der gestrige Theaterabend war doch Beweis genug. Gewiss, es war das erste Mal innerhalb von zwei Monaten gewesen, dass sie ihm etwas aufzwang, aber für alles gibt es ja ein erstes Mal.
War er erst nur beleidigt gewesen, fühlte er sich

jetzt gefesselt. Die Arbeit ging ihm nicht von der Hand, seine Laune war miserabel, und so beschloss er, wieder einmal Gilda zu besuchen. Er hatte noch nicht ein einziges Mal bei ihr vorbeigeschaut, seit er zurück war. Das war nicht gerade nett, und außerdem besaß Gilda zwei kaum zu überschätzende Eigenschaften: Sie stand immer auf Seiten der Männer, und sie war verschwiegen wie ein Grab. Um sechs Uhr traf er bei ihr ein, und sofort fiel ihm der entsetzliche Abend ein, den er im Frühjahr hier verbracht hatte. Er hatte auf eine Frau gewartet und ihr dann nicht einmal die Tür geöffnet. Das war »vor Nathalie« gewesen, wie ihm kurz bewusst wurde, und beinahe hätte er sich Schweigen auferlegt. Nathalie war sein Geheimnis, seine Frau. Mit anderen über sie zu reden, gehörte sich nicht, war infam und wahrscheinlich eine der ganz wenigen Entgleisungen, die sie ihm nie verzeihen würde. Doch schon saß er in dem großen roten Sessel, einen eisgekühlten Drink in der Hand, und ihm gegenüber diese ihm freundschaftlich zugewandte und wissbegierige Frau, die vertraute Mitwisserin seiner früheren Eskapaden. Gleich fühlte er sich um etliches jünger. Außerdem … eine Liebesgeschichte … was war daran schon Besonderes?

»Nun?«, fragte Gilda. »Siehst gut aus, mein kleiner Wolf. Und bist, wie man hört, sehr glücklich.«

»Sehr«, antwortete er, nicht sehr überzeugend.

Sie war immer auf dem Laufenden.
»Was willst du dann hier?« Sie lachte. »Wenn die Männer zu mir kommen, wollen sie entweder mit mir ins Bett oder sich ausweinen. So fürchterlich scharf wirkst du nicht gerade. Also, was ist los?«
»Nicht so einfach ...«
Dann redete und redete er, verdrehte so manches zu seinem Vorteil, verabscheute sich dafür und war, als er schließlich schwieg, zutiefst deprimiert. Ohne ein Wort, mit zusammengekniffenen Augen, hatte sie ihm zugehört, eine Zigarette nach der anderen geraucht, und dabei sah sie aus wie eine echte Wahrsagerin, wie er sie insgeheim auch zu nennen pflegte. Als er schwieg, erhob sie sich, tat ein paar Schritte, wobei sie sich in den Hüften wiegte, setzte sich wieder und blickte ihn an. Alles in allem war sie doch ziemlich lächerlich, dachte er bei sich. Was wollte er eigentlich hier? Das bösartige Blitzen in seinen Augen war ihr nicht entgangen, daher brauste sie auf:
»Wenn ich recht verstehe, hat eine Frau dich gekapert, und jetzt findest du nicht mehr heraus aus dem Schlamassel.«
Blinde Wut überkam ihn:
»Das stimmt nicht! Das Wichtigste habe ich vergessen. Ich habe dir das Wichtigste nicht gesagt!«
Das Wichtigste war doch Nathalies Wärme, die Kuhle in ihrem Hals, die er zum Einschlafen

brauchte, ihre nie versagende Zärtlichkeit, ihre vollkommene Loyalität und sein abgrundtiefes Vertrauen zu ihr. Lauter Dinge, von denen diese halbseidene Luxusdirne mit ihren grotesken Perversionen ja keine Ahnung haben konnte. Was hatte er hier bloß zu suchen?

»Und das Wichtigste wäre…? Du bist ihr hörig, oder?«

Er war schon aufgestanden, stammelte etwas, ob vor Wut oder aus Scham, er wusste es selbst nicht mehr.

»Ich habe mich falsch ausgedrückt«, brachte er mühsam hervor. »Vergiss es. Entschuldige mich.«

»Wenn sie erst wieder weg ist, zurück zu ihrem Provinzjustitiar, kannst du ja wieder kommen. Ich bin immer da, wie du weißt.«

Ja, dachte er hasserfüllt, du bist immer da. Wirst immer da sein für die miesen, schweinischen, lüsternen Kerle. Du gehörst zu der Sorte Frauen, die einen das ganze Leben vergessen lassen, indem sie einem den ganzen Mist um die Ohren hauen. Er war schon fast aus der Tür, wandte sich aber noch einmal um:

»Nicht sie hat mich gekapert, wie du sagst, sondern ich habe mich an sie geklammert.«

»Dann hättest du es mir anders erzählen müssen«, sagte sie lachend, bevor sie die Tür schloss.

Er bebte, zornig wie er war, ohne zu wissen, auf

wen. Er raste durch Paris, parkte irgendwo, rannte die Treppe hinauf und hörte schon durch die Tür Nathalies Lachen – und eine Männerstimme. Jetzt musste er erst einmal tief durchatmen. Wenn es der Amerikaner wäre, würde er ihm den Schädel einschlagen, das wäre ohnehin das Beste, für ihn selbst, für den Amerikaner, für sie beide. Aus Diskretion klingelte er erst einmal, anstatt gleich aufzuschließen, was ihm sehr taktvoll erschien. Nathalie lachte noch aus vollem Halse, als sie die Tür weit öffnete:

»Rate mal, wer da ist!«

Der Bruder stand am Eingang zum Wohnzimmer und lächelte ihm entgegen, während Gilles Gesichtsausdruck wohl befremdlich gewirkt haben musste, weil Nathalie sofort fragte:

»Was hast du denn gedacht?«

»Keine Ahnung. Guten Abend, Pierre.«

»Dachtest du etwa, es wäre Walter?«

»Walter?«

»Der Amerikaner von gestern Nacht. Ich habe es Pierre gerade erzählt und ...«

Und vor lauter Lachen ließ sie sich in einen Sessel fallen, und schon war der Bruder bei ihr, stimmte mit ein, und Gilles überkam angesichts der beiden mit ihrem kindlichen und offenherzigen Lachen so etwas wie ein Glücksgefühl: ein bezauberndes und beruhigendes Bild. Ganz normale Menschen. Es gab also doch noch normale Menschen. Nun ließ auch er sich, müde, aber glücklich, in einen Sessel fallen. Er war zu Hause, bei seiner Familie, nach diesem irren Tag, an dem nur sein eigener Irrsinn schuld war.

»Seit wann sind Sie hier?«

»Seit heute Morgen. Ich hatte zwei freie Tage und Lust, Nathalie wiederzusehen. Ihre Briefe waren mir nicht genug.«

Sie schrieb also des Öfteren an ihren Bruder? Zwischen zwei Museumsbesuchen? Ja, wie verbrachte sie eigentlich ihre Tage? Er schilderte ihr detailgetreu die seinen und dabei diskutierten sie dann wie besessen über die Politik, die Presse, die Freunde, nie aber sprachen sie über ihren Alltag. Im Grunde hatte sie noch nie auch nur irgendetwas über sich erzählt, immer nur über ihre Liebe zu ihm. Was mochte sie bloß dem Bruder schreiben? »Ich bin glücklich ... ich langweile mich ... Gilles ist nett zu mir ... nicht nett ...«? Mit einem Blick zu Pierre hinüber versuchte er aus dessen Miene einen Hinweis abzulesen, ein Spiegelbild besagter Briefe zu erhaschen, doch da zeigte sich nichts. Nichts weiter als liebevolles Interesse für die Schwester. Also war sie tatsächlich verschwiegen, dem einen wie dem anderen gegenüber. Die vergeudete Zeit bei Gilda fiel ihm ein, und er schämte sich.

»Haben Sie noch nichts zu trinken bekommen?«,

fragte er überstürzt. »Nathalie ist eine miserable Gastgeberin.«
»Nathalie hat sich seit eh und je überall als Gast gefühlt«, erwiderte Pierre. »Sie kann nichts dafür.«
Er lächelte. Und während Nathalie in Richtung Kühlschrank lief, blieben die Männer kurz allein.
»Meine Schwester scheint glücklich zu sein.«
Er sagte es ruhig, doch in seiner Stimme schwang noch immer derselbe drohende Unterton mit. Wie in Limoges an jenem denkwürdigen Abend. Und wieder fühlte sich Gilles brüskiert, dieser Bruder, der ständig den edlen Ritter gab, ging ihm allmählich auf die Nerven …
»Das will ich hoffen«, erwiderte er knapp.
»Ich wäre froh, wenn ich mich damals getäuscht hätte«, fuhr Pierre seelenruhig fort, »Limoges ist nämlich trostlos ohne sie.«
»Tut mir leid, aber Paris wäre es für mich auch.«
»Das ist das Wichtigste, und eigentlich alles, was ich wissen wollte.«
»Hat sie Ihnen nichts darüber geschrieben?«
Pierre lachte laut auf: »Dass Nathalie über ihre Gefühle nie ein Wort verliert, müssten Sie doch eigentlich wissen.«
Unbeholfen kam Nathalie mit einem Tablett zurück, das Pierre, der aufgesprungen war, ihr sofort abnahm. Ja, sie war wohl ein Leben lang beschützt, ein Leben lang geliebt worden, hingegen hatte sie

an seiner Seite sicher häufig Angst, vor seinen abrupten Reaktionen, die typisch sind für verhätschelte und verzogene Kinder. Das Verhältnis zwischen Nathalie und ihrem Bruder beruhte auf gegenseitiger Dankbarkeit, auf gemeinsamen Erinnerungen an tausenderlei Anlässe, wo der eine dem anderen Gutes getan und der eine dem anderen dafür gedankt hatte, und plötzlich keimte in Gilles der Wunsch auf, dies alles auch erlebt zu haben. Doch in seinen Erinnerungen war die Beziehung zu seiner Schwester eher nichtssagend und einseitig, und die Beziehung zu Frauen im Allgemeinen beschränkte sich eher auf dumpfes und klägliches Gerangel, das ab und zu von Glücksmomenten durchsetzt war, aber immer in einem Sieg endete, der nach Niederlage schmeckte oder der sich tatsächlich im Nachhinein als eine solche entpuppte. Er fühlte sich abgespannt, hatte abends zuvor viel zu viel getrunken und konnte sich selbst nicht mehr leiden.

»Warum geht ihr beide nicht gemeinsam essen? Da wärt ihr doch ungestört. Ich werde ohnehin früh schlafen gehen. Ich bin nämlich restlos erledigt, hab' gestern zu viel getrunken.«

Er hatte Protest erwartet, doch Nathalie schien begeistert:

»Macht dir das wirklich nichts aus? Ich habe Pierre schon so ewig nicht mehr gesehen ...«

»Meinen Sie das ernst?«, fragte Pierre.
Arme Nathalie, dachte Gilles, schon ewig hast du keinen Menschen mit Anstand mehr zu Gesicht bekommen. Wen hast du eigentlich gesehen? Nicolas, der nicht mehr zu retten ist, den eifersüchtigen Jean, deine bedauernswerte Freundin, die verbittert sein dürfte, und zwischen acht Uhr abends und dem nächsten Morgen mich, diesen armseligen Kerl, in den du dich närrischerweise verliebt hast.
»Ja, ernsthaft: Geht ohne mich essen. Falls ich nicht schon schlafe, trinke ich noch einen Lindenblütentee mit euch, wenn ihr zurück seid.«
Als sie gegangen waren, schaltete er den Fernseher an und sehr schnell wieder aus, verschlang im Stehen, direkt neben dem Kühlschrank, ein Stück Schinken und verzog sich ins Bett. Er hatte einen spannenden Krimi zu lesen, eine große Flasche Evian neben sich, eine Schachtel Zigaretten, und im Radio gab es ein sehr schönes Konzert. Von Zeit zu Zeit hatte die Einsamkeit durchaus ihren Reiz. Im Grunde war er ja immer ein Einzelgänger gewesen, ein einsamer, streunender Wolf, und während er noch über dieses Bild von sich selbst nachsann, sank er grummelnd bei vollem Licht in den Schlaf.

7

Die Zeit verstrich wie gewohnt, bis Nathalie entschied, auch sie wolle arbeiten gehen, und eines schönen Tages erklärte, sie habe eine Anstellung gefunden: in einem Reisebüro, sehr angenehm und recht gut bezahlt, sodass sie sich auch gegen Monatsende nicht mehr einschränken müssten, was häufig der Fall gewesen war. Er fing an zu lachen, teils verärgert, dass sie das ohne seine Hilfe geschafft hatte, teils belustigt bei dem Gedanken an Nathalie hinter einem Reisebüro-Schreibtisch:

»Bist du denn mit den Museen etwa schon fertig? Was ist in dich gefahren?«

»Wenn man wie ich den ganzen Tag nichts zu tun hat, verblödet man allmählich.«

»Und wie war das in Limoges?«

»Dort hatte ich ja meine Aufgaben bei den Wohltätigkeitsvereinen«, sagte sie so ruhig wie möglich.

Er lachte höhnisch. Diese Frau war wirklich verrückt!

»Ich weiß, das klingt lächerlich, aber… siehst du,

anderen Menschen zu helfen … das ist mir sehr oft gelungen …«

»Wirklich toll … du als Wohltäterin! Du warst doch jeden Nachmittag mit mir im Bett.«

»Das war im Sommer. Die Winter sind für arme Menschen besonders hart.«

Entgeistert sah er sie an:

»Wenn ich recht verstehe, hätte ich dich gar nicht kennengelernt, wenn ich im Winter zu meiner Schwester gekommen wäre?«

Sie zögerte, Röte stieg ihr ins Gesicht:

»Doch. Aber darum geht es ja gar nicht. In dieser Agentur herrscht ein sehr angenehmes Arbeitsklima, und der Chef, übrigens ein Freund von Pierre, ist wirklich sehr liebenswürdig. Und es macht doch auch Freude, für andere Menschen Reisen zu organisieren, zum Beispiel nach Peru, Indien oder New York – das werde ich ihnen vorschlagen.«

»Wenn du das nur des Geldes wegen tust, dann ist es lächerlich. Wir können ja einfach etwas sparsamer leben.«

Es war klar, dass hauptsächlich er mit Geld nicht umgehen konnte, wofür er es ausgab, wusste er selbst nicht so recht. Die Freunde, die Bars, die Taxis – es rann ihm einfach durch die Finger. Und wenn Nathalie ausgehen oder sich etwas zum Anziehen kaufen konnte, dann verdankte sie es nicht etwa ihm, sondern den monatlichen Auszahlungen ihres Anteils aus Rentenpapieren, die seit eh und je in Familienbesitz waren. Außerdem hatte er ihr zu Weihnachten ein besonders schönes und kostbares Schmuckstück geschenkt, das noch nicht abbezahlt war. So besehen, war ihre Entscheidung nicht falsch, trotzdem verärgerte sie ihn, ohne dass er einen Grund hätte benennen können.

»Ich tue es nicht des Geldes wegen«, hörte er sie sagen, »es macht mir einfach Freude. Aber wenn es dir nicht recht ist, sage ich ab.«

»Das musst du entscheiden. Apropos Reisen – wann kommt eigentlich dein Rosenlieferant zurück?«

Jener Walter ließ in der Tat nicht locker. Er überschüttete Nathalie mit Rosensträußen – daher der Spitzname, den Gilles ihm gegeben hatte – und schrieb ihr sogar Liebesbriefe. Er hatte dienstlich verreisen müssen, schickte von überall her wonnige Ansichtskarten und bewies damit die Ruhe eines Mannes, der, wenn nötig, auch dreißig Jahre zu warten bereit war, worüber sich Gilles, je nach Tagesverfassung, lustig machte oder empörte. Nathalie fand es einfach rührend, was sie, wie es ihre Art war, auch nicht verheimlichte. Das war beruhigend, aber gemeinsam darüber zu lachen war eben doch nicht möglich. Sie hatte ihn ja auch schon belehrt, dass niemand, der leidenschaftlich liebt, wen oder wie auch immer, kurzerhand ausgelacht werden dürfe. Darüber hatte sie auch schon mit Garnier, den Gilles ihr vorgestellt hatte und der noch immer auf die Freilassung seines jugendlichen Geliebten wartete, lange Gespräche geführt. Garnier entledigte sich ohnehin schon in zunehmendem Maße seiner beruflichen Pflichten, wälzte sie auf Gilles ab, sodass dieser, wenn er abends müde heimkam, häufig den Kollegen vorfand, wie er in trauter Zweisamkeit mit Nathalie diskutierte. Nathalie hatte schon wirklich absonderliche Neigungen. In Gesellschaft des impotenten Nicolas und des schwulen Garnier sprudelte sie gar über vor Lebhaftigkeit und Fröhlichkeit, wohingegen die Gegenwart des blitzgescheiten Jean sie eindeutig zu belasten schien. »Du verstehst das nicht«, erwiderte sie, wenn er sie darauf ansprach, »diese beiden Männer haben sich tief in ihrem Inneren eine reine Seele bewahrt, und das gefällt mir.« Dazu konnte er nur mit den Achseln zucken, denn aus seiner Sicht waren beide eher langweilig, aber dem amerikanischen Rosenlieferanten dann doch vorzuziehen.

Nathalie begann also zu arbeiten und holte Gilles häufig abends in der Redaktion ab. Doch da es in der Welt immer verrückter zuging und die Diskussionen zwischen den Chefredakteuren immer hitziger wurden, musste sie manchmal ein oder zwei Stunden unten an der Bar auf ihn warten. Nie äußerte sie einen Vorwurf, das war klar, sie bemitleidete ihn sogar, doch der Gedanke, dass sie unten wartete und sich notgedrungen langweilen musste, quälte ihn, bis sie eines Tages vereinbarten, sich doch lieber »zuhause« zu treffen. Und so kam es, dass er eines Abends nicht dort erschien. Er hatte einen schrecklichen Tag hinter sich. Sein Kollege, der widerliche Thomas, hatte sich diesmal an Schamlosigkeit selbst übertroffen. Gilles war von Fairmont einbestellt worden und musste sich Vorwürfe anhören. Seine Artikel seien doch wohl ein wenig zu »harmlos«, entbehrten der Sensation, die »der Leser« doch erwartete. Gilles kannte besagten »Leser« zwar nicht, von dem ständig die Rede war, wohl einer dieser unbekannten Soldaten, die über die menschliche Dummheit wachten, aber wenn er den je zu packen bekäme, würde er ihm eins überziehen …

»Natürlich soll der Leser objektiv informiert werden«, ließ sich Fairmont vernehmen, »aber er muss sich für das Thema auch begeistern, wenn nicht gar erregen können.«

»Finden Sie die Fakten nicht aufregend genug?«, fragte Gilles ironisch. »Überall Kriege, überall …«

»Aufregend ist das für den Leser nur dann, wenn er sich davon betroffen fühlt.«

»Er ist doch betroffen«, entgegnete Gilles, innerlich aufgewühlt. »Soll ich vielleicht die Adresse

eines Rekrutierungsbüros für Vietnam-Freiwillige mitliefern? Wollen Sie das? Scheinen Ihnen die Zahlen nicht aussagekräftig genug?«
Kurzum: Fuchsteufelswild war er aus Fairmonts Büro herausgekommen und musste seinen Artikel nun vollkommen umschreiben – dabei war es schon sechs Uhr abends! Garnier war ihm über den Weg gelaufen, er hatte ihn gebeten, Nathalie zu verständigen und, wenn möglich, mit ihr essen zu gehen, was Garnier sichtlich gefiel. Dann hatte er sich in sein Büro zurückgezogen, wo er nun vor der Schreibmaschine hockte und weitaus mehr als über den Artikel über das nachdachte, was er Fairmont noch nachträglich an den Kopf werfen könnte. Kein Mensch war mehr im Büro. Er ging rastlos auf und ab und fand sein Geschreibsel inzwischen selbst schon widerlich. Er lief in Jeans Büro hinauf, holte die Whiskyflasche aus dem Versteck und goss sich ein großes Glas Scotch ein. Aber auch das half nicht. Er hatte die Nase voll von diesem Blatt, würde es nie zu etwas bringen, nur versauern würde er hier, bis ans Ende seiner Tage, immer wieder abgekanzelt von einem zunehmend vertrottelten Fairmont. Dabei würde er älter und älter werden, Nathalie sich in eine Provinzlerin verwandeln, denn vielleicht würden sie ja doch heiraten, vielleicht auch Kinder bekommen, ein Auto kaufen und ein Häuschen auf dem Land – mit

Fernsehanschluss natürlich! Aber auch das war fraglich, sie müssten schon viel Glück haben, es so weit zu bringen. Es war zum wahnsinnig werden! Er, Gilles, der doch so liebend gern über die Stränge schlug und nach Reisen nur so lechzte, er, der ewig junge Gilles, war auf dem besten Wege, unter strenger Beobachtung von zwei unerbittlichen Richtern, seinem Chef und seiner Geliebten, sein Leben zu vergeuden. Nein, er war es leid, beurteilt, entschuldigt oder in ein Schema gepresst zu werden, egal, ob im Beruf oder in seinem Gefühlsleben. Er wollte allein und frei leben, wie früher. Wie der Jungspund, der er gewesen war. Er setzte die Flasche an den Hals, was für ein Genuss war doch diese Wut! Ach ja, er sollte ja nachsitzen und, wie es sich für einen artigen Schüler gehörte, alles nochmals neu schreiben, ach ja, er sollte ja heimgehen zu seiner getreuen und untadeligen Geliebten – denen würde er es zeigen! Er schnappte sich seinen Mantel und verließ das Gebäude, ohne das Licht zu löschen. Besagter »Leser« würde die Rechnung schon begleichen.

Es war Mittag, als er aufwachte, und das Bett war ihm fremd, oder, besser gesagt, leider nur allzu bekannt, denn es stand in einem Stundenhotel. Und neben ihm schnarchte ein dickes, dunkelhaariges weibliches Wesen. Hinter Nebelschleiern sah er etliche Nachtclubs auf Montmartre wieder vor sich, eine Prügelei und das Gesicht eines Bullen. Zum Glück hatte er sich für derlei Eskapaden aufs andere Seineufer, auf die Rive droite, begeben! Er hatte nicht einmal Kopfschmerzen, nur unsäglichen Durst. Er stand auf, trank gut einen Liter Leitungswasser direkt am Hahn über dem Waschbecken aus Email, dem einzigen Schmuck in diesem Raum. Dann trat er ans Fenster: vor ihm lag eine unbekannte Gasse. Er stöhnte innerlich. Was hatte er bloß angestellt? Er rüttelte das Mädchen. Brummend, noch halb im Schlaf, sah sie zu ihm auf und schien ebenso verwundert wie er selbst. Sie war wirklich abstoßend hässlich.

»Na, du«, sagte sie schließlich. »Du warst ja sturzbesoffen …«

»Wo sind wir hier?«

»Nicht weit von den Boulevards. Du schuldest mir einen Fünftausender, Süßer.«

»Was habe ich verbrochen?«

»Keine Ahnung. Gegen halb sechs bist du mir in die Arme gesegelt, ich hab dich ins Bett gebracht, und das war's. Was vorher war, weiß ich nicht.«

Hastig zog er sich an, legte ihr den Schein aufs Bett und ging auf die Tür zu.

»Bis bald, mein Hübscher!«

»Bis bald.«

Die Sonne stand hoch am Himmel, als er den Boulevard des Italiens erreichte. Nathalie … wo war Nathalie um diese Zeit? Vielleicht noch in ihrem Reisebüro, nein, wahrscheinlich aß sie nebenan zu Mittag, wie sie es für gewöhnlich tat. Er nahm ein Taxi, konnte keinen klaren Gedanken fassen, nur sehen musste er sie, unbedingt. Doch die Agentur war geschlossen, und im Restaurant nebenan war sie auch nicht. Panik ergriff ihn. Er hatte das Taxi warten lassen und gab jetzt eher zufällig seine eigene Adresse an. Lautlos öffnete er die Tür und blieb schon im Vorraum wie angewurzelt stehen. Da saß sie doch seelenruhig im Sessel! Ihm war, als spielte er eine altbekannte und höchst alberne Szene nach: die Heimkehr des rücksichtslosen Gatten nach einer wüsten Zechtour.

»Ich hab mich besoffen«, sagte er.

Sie erwiderte nichts. Er sah die Schatten unter ihren Augen. Wie alt war sie eigentlich genau? Sie trug das übliche kleine Schwarze, seinen Schmuck und hatte vermutlich die ganze Nacht reglos wie jetzt hier gesessen.

»Ich bin bei deiner Agentur vorbeigefahren, aber da warst du nicht. Ich ... tut mir leid, Nathalie. Hast du dir Sorgen gemacht?«

Er redete dummes Zeug, aber er hatte ja wirklich nichts Anderes zu sagen. Er war fast schon erleichtert. Jetzt wurde ihm schlagartig klar, dass er während der ganzen Fahrt im Taxi nur die eine Angst gehabt hatte, sie nicht mehr vorzufinden. Aber da

war sie und lächelte ihm schon fast zu, wenn auch noch verhalten:
»Sorgen? Weshalb denn?«
Er trat näher, und da stand sie auf, sah ihm direkt ins Gesicht, forschend und auch ein wenig irritiert … Dann verpasste sie ihm zwei heftige Ohrfeigen und ging in Richtung Küche davon.
»Ich mach nur schnell Kaffee«, sagte sie, und ihre Stimme klang ruhig.
Gilles rührte sich nicht von der Stelle. Er empfand überhaupt nichts, nur die Backen taten ihm weh. Sie hatte verdammt heftig zugeschlagen. Schließlich ging er doch hinter ihr her und lehnte sich gegen den Türrahmen. Ihre ganze Aufmerksamkeit galt dem Wasser, das zu kochen anfing.
»Garnier ist bis drei Uhr morgens geblieben«, sagte sie mit gleichbleibend gelassener Stimme. »Er hat erst in der Redaktion und dann im Club angerufen, aber dort warst du nicht. Dann hat er bei Jean nachgefragt, aber der ließ uns nur wissen, so etwas sei bei dir ja nicht unüblich. Er schien es eher witzig zu finden, was uns wiederum beruhigte.«
Das klang jetzt doch nach beißender Ironie.
»Da er nicht wissen konnte, dass ich den Zweithörer am Ohr hatte, sagte er noch, Garnier solle mir den guten Rat geben, mich an derlei zu gewöhnen. Das wäre dringend nötig.«
»Hör auf!«

»Ich schildere dir in zwei Minuten eine zwölfstündige Nacht, das ist doch wohl nicht übertrieben.«

»Man darf sich ja wohl noch das ein oder andere Mal volllaufen lassen!«

»Man kann aber auch anrufen und sagen: ›Ich betrinke mich jetzt, schlaf unbesorgt.‹ Aber ich vermute, das hätte dir den Spaß verdorben.«

Stimmt sogar, dachte Gilles. Weil ich wusste, dass es nicht richtig war, habe ich mich kopfüber in diese Nacht gestürzt.

»So, der Kaffee ist fertig. Du hast alles, was du brauchst: Eine wilde Nacht, eine häusliche Szene, ein Paar Ohrfeigen, eine Tasse Kaffee. Fehlt noch etwas für dein Phantombild? Okay, ich gehe jetzt zur Arbeit.«

Sie griff nach ihrem Mantel und war auch schon aus der Tür. Einen Moment lang stand er sprachlos da, dann trank er seinen Kaffee und blätterte in der Zeitung. Aber lesen konnte er nicht. Was er da hervorgerufen hatte, war nicht Eifersucht, aber auch nicht Zorn gewesen. Anfängliche Besorgnis war in Verachtung umgeschlagen. Das Telefon klingelte, und er sprang auf. Vielleicht tat es ihr ja schon leid, dass sie so hart gewesen war.

»Na, alter Junge?«, hörte er Jean sagen. »Fängst du doch wieder mit den Dummheiten an?«

»Ja.«

»Bist du allein?«

»Ja.«

Jeans Stimme klang fröhlich, kumpelhaft, wie in alten Zeiten. Aber irgendetwas in Gilles sträubte sich noch, sich erneut auf diese Stimme und die Botschaft, die sie in sich trug, einzulassen.

»Wie war's denn, als du heimkamst? Unerfreulich?«

»Zwei Ohrfeigen.«

Und als Jean laut auflachte, wurde Gilles endgültig bewusst, dass er tatsächlich wieder rückfällig geworden war.

8

Jetzt wusste er es: Ihre Beziehung hatte einen Riss bekommen. Warum, war ihm nicht so recht klar... vielleicht war er nur frustriert, denn das war doch wohl eine echte Eifersuchtsszene gewesen. Vielleicht hatte er instinktiv das Bedürfnis, dass auch sie etwas Gemeines oder Mieses tat, damit sie sich wieder auf Augenhöhe befanden. War es diese Sauftour gewesen – bei einem bis aufs Blut gereizten Mann doch eher ein banales Ereignis –, der das Bild in Schieflage gebracht und dazu geführt hatte, dass Nathalie jetzt hoch über ihm stand, oder war es das unvermeidliche Resultat einer sechsmonatigen Zweisamkeit, das aber doch einer Strafe gleichkam? War sie ihm überlegen? Aber kann in Liebesbeziehungen, wobei doch gerade die Liebe mehr zählt als jedes andere Prinzip, der eine dem anderen »überlegen« sein? Tatsache war, dass sie seltener lachte, dass sie zusehends dünner wurde und dass sich in ihre Umarmungen etwas Aggressives, willentlich Heftiges einschlich, so als wollte jeder von ihnen den anderen zwar auf den Höhepunkt treiben, ihn sich aber gleichzeitig unterwerfen, als wäre die Lust des anderen nicht mehr dieses höchste aller Geschenke, als das sie doch bisher gegolten hatte, sondern ein Beweis von Überlegenheit. Aber was vermochten diese Schreie, dieses Wimmern, diese Zuckungen, was vermochten diese so zur Gänze vereinten Leiber noch, wenn Nathalie ihn dabei so ganz anders und er sie wie abwesend ansah? Nichts. Es kam noch oft zu körperlichen Vereinigungen, die unbefriedigend blieben, weil Gilles rein physisch noch nie so unersättlich, gleichzeitig aber so wenig froh darüber war.

Es kam der Tag, da sie kurz nach Limoges fahren musste. Tante Mathilde, von der die monatlichen Zuwendungen kamen, lag im Sterben und verlangte nach ihr. Eine Woche würde sie bleiben, bei ihrem Bruder wohnen, und dann ganz schnell zurückkommen. Gilles brachte sie zum Bahnhof, an jene Gare d'Austerlitz, wo er acht Monate zuvor so unglücklich in den Zug gestiegen, wie in Trance wieder angekommen, als Verliebter wieder abgefahren und wild entschlossen erneut angekommen war. Welcher dieser Passagiere, die er verkörpert hatte, ihm der Liebste war, war ihm nicht klar. Doch, er wusste es: Der Verliebte, der im Mai, als er begriffen hatte, dass er liebte und keine Ahnung hatte, dass er doch abgeholt werden würde, die Pariser Vorstädte und die Loire, die Wolken und die Nacht vorüberziehen sah, als wären es lauter Offenbarungen, bis dann, als Krönung des Ganzen, Nathalie, die von einem Dîner schlichtweg ausgebüxt war, auf dem Bahnsteig auf ihn zugestürzt war.

Er liebte die Geschichte ihrer Liebe, auch wenn er manchmal ihr gemeinsames Leben nicht liebte. Mittlerweile liebte er sogar jenen ausgemergelten, trübsinnigen, sich elend fühlenden jungen Mann, unter dem er doch so lange gelitten hatte, liebte diese leidenschaftliche, irrsinnige, maßlose und gleichzeitig so zurückhaltende junge Frau, die sich in ihn verliebt hatte – ja, die Wiesen des Limousin, und das warme Gras, das tiefgründige Wasser, ja, Nathalies Hand auf seinem Nacken und das schreckliche Bett beim ersten Mal, und der Blick des Gastwirts und die heiße Dachstube und Florents Porto-Flips ... Wieso schlichen sie beide jetzt hier auf dem Bahnhof herum wie zwei verirrte Wesen, die krampfhaft nach Worten suchten, ihre Uhren stellten und dämliche Zeitschriften kauften? Was war bloß passiert? Er sah Nathalies klares Profil, sah die drei Monate Paris wieder vor sich – und war ratlos. Er wollte nicht, dass sie wegfuhr, aber wären aus unerfindlichen Gründen die Schienen auf der Höhe von Orléans als verbogen gemeldet worden und hätte sie deshalb wieder mit ihm nach Hause zurückkehren müssen, hätte ihm auch das nicht in den Kram gepasst. Schließlich war er mit Jean und ein paar Freunden zum Abendessen verabredet, nichts besonders Interessantes, zumindest nichts, das ihn so begeistert hätte wie diese Frau, und dennoch wünschte er sich, der Zug möge früher einlaufen und sie mit sich nehmen. Er war verrückt: Ein elender Narr, dem es nur um seine nutzlose Freiheit ging, hauste in ihm.

Er küsste sie lange und sah ihr nach, wie sie sich im Gang des Waggons immer weiter entfernte. Vor ihm lag, breit gefächert, die riesige Stadt, zerfurcht wie die Bilder vom Mond, ausgetrocknet und lichterfüllt, aber sie lag greifbar nahe. Ja, Nathalie hatte recht, wenn sie sagte, er passe perfekt in seine Zeit.

»Dir ist doch nichts lieber als das. Du gibst vor, diese schreckliche dumme Welt mit ihren Lügen und ihrer Gewalt zu verabscheuen, fühlst dich darin aber so wohl wie ein Fisch im Wasser. Natürlich schwimmst du gegen den Strom, aber eigentlich lavierst du dich nur so durch. Natürlich lehnst du Fernsehen und Radio ab, aber das Ausschalten ist es, was dir am meisten Spaß macht. Dadurch unterscheidest du dich von anderen.«

»Und du? … In welcher Welt hättest du gerne gelebt?«

»Ich? Ich hätte gern etwas zum Bewundern gehabt.«

Zum Bewundern? … So etwas sollte eine Frau niemals sagen. Eine Frau sollte den Mann, mit dem sie lebt, in solchem Maße bewundern, dass derart kindliche Flausen und Schwärmereien ihr gar nicht erst in den Sinn kämen.

Ein wenig verspätet traf er bei den anderen ein und wurde mit gemäßigtem Applaus empfangen, auffallend gemäßigt allerdings, doch immerhin so, wie es einem »endlich wieder freien« Mann gebührt. Jemand rief: »Da ist ja Gilles«, und als er sich verneigte, die Hand auf dem Herzen, fingen alle an zu lachen. Natürlich würde niemand im gleichen Tonfall rufen: »Da sind sie ja, Gilles und Nathalie«, aber verübeln konnte er es ihnen auch nicht, denn in solch fröhlichen Runden gelten immer die gleichen Regeln, und inzwischen war man es ja fast schon seit fünfzehn Jahren gewohnt, ihn allein aufkreuzen zu sehen. Allein, wenn auch häufig in Begleitung einer Frau, aber einer Frau, die man unbesorgt einem anderen Tisch oder einem Freund überlassen konnte, eine wie Eloïse zum Beispiel, die ja jeden kannte und die er leichten Herzens abhängen konnte, weil sich sofort irgendein Galan oder eine Freundin zu ihr setzen würde. Doch jetzt gab es in seinem Leben ja Nathalie, Nathalie, die genau in diesem Moment Orléans hinter sich gelassen haben dürfte.

Es wurde ein ruhiger Abend, er trank wenig und ging gegen halb eins allein nach Haus. Da er Pierres Telefonnummer hatte, rief er sofort an. Nathalie war auch sofort am Apparat, sodass er ihr mit Rührung in der Stimme erzählen konnte, er sei zuhause, höre Mozart, und das Bett sei ohne sie viel zu groß. Entzückt von seinem untadeligen Benehmen, schmückte er alles ein wenig aus.
»Die Reise war sehr lang«, sagte Nathalie. »Ich mag diese Strecke nicht. Geht es dir gut?«
Ihre Stimme schien von weit her zu kommen, die Verbindung war schlecht, und er rang nach Worten. Hätte er Dummheiten gemacht, wäre er bestimmt viel redseliger gewesen. Lügen machen einfallsreich und phantasievoll.
»Ich gehe jetzt schlafen«, sagte er schwungvoll. »Ich hab morgen viel zu tun. Ich denke an dich.«
»Ich auch. Schlaf gut, Liebster.«
Sie hatte eingehängt. Als wären sie seit zehn Jahren verheiratet. Er nahm die Krawatte ab, gähnte ein bisschen und besah sich im Spiegel. Wie gesagt, er würde sich jetzt gleich hinlegen, wie gesagt, gute Musik hören – ein Leichtes um diese Uhrzeit, und mit Mozart hatte er richtig geraten –, tief und fest schlafen wie ein Kind, morgen topfit sein, wie ein Berserker arbeiten und nur auf die Rückkehr seiner schönen Liebsten warten. Aber sein Spiegelbild sah ihn an, er sah, wie dieser Fremde grinste, sah sich

tatsächlich grinsen. Er schnappte sich sein Jackett und knallte die Tür hinter sich zu.

»Man sagte sich ja auch …«
Er war wieder im Club, Jean lachte, und er fühlte sich wohl unter all den Freunden, ob echt oder falsch, das war egal, gut gelaunt und zu allem bereit, darauf kam es an, und er hatte sie wirklich arg vernachlässigt – und das alles wegen einer Frau! Das war nicht nett von ihm gewesen. Hier herrschte ein fragiles Gleichgewicht, und wer der nächtlichen Runde zu lange fern blieb, beeinträchtigte die Gemütslage aller.
»Ich hatte wirklich vor, zuhause zu bleiben«, sagte er flüsternd zu Jean, »aber als ich dann dort war, konnte ich absolut nicht einschlafen. Ich schlafe nicht gern allein.«
»Das dürfte sich leicht ändern lassen«, warf Jeans Freundin ein.
Ausgesprochen ordinär wirkte sie heute, ziemlich nichtssagend hatte er sie schon immer gefunden, aber noch nie ordinär. Jean hatte nicht mit der Wimper gezuckt, also hatte er es sich wohl nur eingebildet. Begriffe wie geschmackvoll oder geschmacklos hatte ihm ohnehin erst Nathalie beigebracht, und das war doch im Grunde eher lähmend.
»Stimmt, unsere niedliche Catherine ist ja auch da«, erwiderte er.

Diese aufsehenerregende Blondine, die ihm nie verhehlt hatte, dass er ihr gefiel, strich soeben dicht an ihrem Tisch vorbei.
»Davon kann ich dir nur abraten«, sagte jetzt Jean. »Sie ist geschwätzig wie eine Elster, Nathalie würde es garantiert erfahren.«
Wie redete Jean denn mit ihm? Wie mit einem Schüler auf Abwegen. Außerdem war nicht klar, ob dieser Satz darauf abzielte, Nathalie Kummer zu ersparen oder ihre Abhängigkeit von Gilles zu betonen.
»Ich bin schließlich erwachsen«, sagte er aufs Geratewohl, »und außerdem kann keine Catherine der Welt einen Keil zwischen Nathalie und mich treiben.«
»Da bin ich mir nicht so sicher«, entgegnete Jean ungerührt. »Sie ist unberechenbar, deine Nathalie.«
Schwang in diesem Lächeln jetzt doch Rührung mit? Gilles warf ihm einen prüfenden Blick zu, der ihm aber, wie alle prüfenden Blicke, keine neuen Erkenntnisse brachte. Nur durch gewagte Blicke erfährt man etwas. Er war eindeutig demoralisiert: Wenn Nathalie da war, fühlte er sich eingeengt, war sie nicht da, war es fast noch schlimmer. War das nicht gemeint, wenn man sagte, »jemandem das Leben vermiesen«? Mit jedem Blick, den er auffing, mit jedem Wort, das man an ihn richtete, verpasste man ihm das Gefühl, der arme Teufel zu sein, der

in eine Frau verliebt und heute Abend allein ist, wenn nicht gar der, den eine Frau an der kurzen Leine führt und der jetzt seinen Auslauf genießt. Nichts davon passte auf ihn. Rührte er sich nicht vom Fleck, würde er als Trauerkloß gelten. Stürzte er sich auf Catherine, würde er vor aller Augen Nathalie und sich selbst demütigen. Er seufzte und verlangte die Rechnung – eine vergeudete Stunde.

9

Es WAR NICHT NUR eine vergeudete Stunde gewesen, wie ihm schlagartig klar wurde, als er gleich nach dem Aufwachen mit Nathalie telefonierte:
»Ich hatte vergessen, dir zu sagen, dass dein blauer Anzug in der Reinigung heute fertig ist. Ich habe sofort wieder angerufen, aber es hat niemand mehr abgehoben.«
Klar, er war ja auch unmittelbar nach Erledigung seines artigen Pflichttelefonats aus dem Haus gegangen. Es war zwar eine totale Pleite geworden, aber wie sollte er ihr das jetzt glaubhaft erklären? Wahrheit und Lüge hatten sich gegen ihn verschworen. Als sie miteinander gesprochen hatten, war er ja noch fest entschlossen gewesen, zuhause zu bleiben.
»Mir war klar, dass du dich mit deinen Kumpanen treffen würdest«, hörte er Nathalie sagen, »aber warum dieses Theater mir gegenüber? Bin ich dir ein Klotz am Bein? Warum dieses Gerede über die leere Wohnung, das zu große Bett und die Musik? Warum bloß, Gilles?«
»Ich hatte ja wirklich vor, zuhause zu bleiben,

als ich dich anrief. Und dann habe ich mich ganz plötzlich entschieden, doch auszugehen.«

»Schon nach einer Minute?«

Das klang alles ganz falsch, die Wahrheit klang so entsetzlich falsch, aber er konnte nichts daran ändern und fuhr daher fort:

»Ich habe nur kurz im Club mit Jean ein Glas getrunken und war nach einer Stunde wieder zuhause.«

Erbittert dachte er: Nicht genug damit, dass ich deinetwegen die hinreißende Catherine nicht angerührt habe, nicht genug damit, dass ich mich insgesamt wie ein Engel benommen habe – trotzdem habe ich dir auch noch wehgetan, und jetzt glaubst du obendrein dass ich lüge. Es war aussichtslos! Er war wütend und gleichzeitig verstand er sie. Er sagte die Wahrheit, und doch war es eine Lüge.

»Es geht nicht darum, was du tust oder nicht!«, sagte jetzt Nathalie. »Entscheidend ist, was du sagst, was du dich verpflichtet fühlst zu sagen.«

Er seufzte, zündete sich eine Zigarette an, fuhr sich durchs Haar und erwiderte:

»Ich werde es dir später erklären. Wie geht es deiner Tante?«

»Schlecht. Noch ein oder zwei Tage, dann wird sie sterben. Pierre und ich werden gleich zu ihr gehen.«

Ach ja, sie wohnte ja bei Pierre! Dann dürfte er miterlebt haben, wie seine Schwester gestern

Abend ans Telefon gestürzt war und zärtlich mit ihm gesprochen hatte, danach spontan »Oje, die Reinigung!« geseufzt und sofort nochmals angerufen hatte, aber da niemand abhob, ihm dann ihr verstörend ruhiges Gesicht zugewandt hatte. In den Augen nahestehender Menschen erscheint eine persönliche Verletzung oft viel tiefer als sie ursprünglich war, denn aus Stolz muss man lügen, eine Rolle spielen und das in Reichweite befindliche Telefon restlos verdrängen. Wäre Nathalie allein gewesen, hätte sie womöglich alle halbe Stunde wieder angerufen und ihn fast schon beim zweiten Mal erreicht. Wie idiotisch das Leben doch war!

»Nathalie … ich liebe dich.«

»Ich dich auch.«

Aber heiter klang das nicht, eher resigniert, wie eine Feststellung.

Sie hängte ein. In einer Woche würde er ihr alles erklären, sie in den Armen halten, ihren warmen, pulsierenden, freigiebigen Körper spüren, seine Nathalie! Keine Spur gäbe es dann mehr von dieser eigensinnigen und verschlossenen Person, keine Spur mehr von diesen stupiden, trübseligen Phrasen, die am Telefon als Bindeglied zwischen ihnen herhalten mussten! Und die anderen – wen er mit diesen »anderen« genau meinte, war ihm unklar, wahrscheinlich einen gewaltigen, bedrohlich brummenden Pariser Insektenschwarm –, diese »anderen« würden schon sehen...! Besser gesagt: Nicht sehen, denn zuerst einmal würde er sich eine Woche nicht blicken lassen, und sie beide, sobald Nathalie zurück wäre, erst recht nicht mehr. Sie würden zuhause bleiben oder ins Theater gehen, da sie das Theater so liebte, oder ins Konzert, denn er liebte die Musik. Wenn er auch noch viel lieber auf dem Teppichboden lag und eine Schallplatte hörte, aber er würde tun, was sich gehörte. Von diesen guten Vorsätzen seelisch wieder aufgerichtet, stand er trällernd auf, zog sich an, kam fast zu früh in die Redaktion, arbeitete intensiv und war restlos entgeistert, als er sich um drei Uhr früh im Club wiederfand, wo er angeregt mit einem englischen Journalisten über die amerikanische Rassentrennung debattierte.

Zehn Tage darauf traf Nathalie um elf Uhr abends am Südwestbahnhof ein, dort, wo ihre Liebe ihren Anfang genommen hatte. Mit ihr kam eine fröhliche Schar Provinzlerinnen an, die sich vor und hinter ihr auf dem Bahnsteig drängten und von denen sie in ihrem etwas zu langen Kleid, mit dem Seidentuch um den Kopf und dem Köfferchen in der Hand kaum abstach. Nur ihre stolze Kopfhaltung und, aus der Nähe besehen, ihre Schönheit unterschied sie von ihnen. Er hatte schon mit Frauen zusammengelebt, denen Hotelpagen die Hündchen vorantrugen, als seien es Blumenbouquets, und das hatte er damals höchst albern gefunden. Aber in diesem grauen und trostlosen Bahnhof (es war ein Regentag) hätte er es doch gern gesehen, wenn seine Geliebte sich aus der Masse abgehoben hätte, wie ein Farbklecks, wie etwas Aufsehenerregendes, etwas Loderndes. Er drückte sie an sich und küsste sie. Ihre Augen waren umschattet. Natürlich, sie trug ja Trauer! Wie dumm er doch war!

»Ach, du bist's«, sagte sie, schmiegte sich an ihn und verharrte regungslos in seinen Armen. Musternde Blicke trafen sie, und schon schämte er sich: Sie waren ja schließlich nicht mehr so jung, um sich hier vor aller Augen ungeniert abzuküssen. Er versuchte zu lachen:

»Wen hattest du denn erwartet?«

»Dich. Genau dich.«

Sie hatte den Kopf zu ihm gehoben, und er sah sie prüfend an: Ihre Gesichtszüge waren ein wenig verquollen, und schlecht geschminkt war sie auch. Es war völlig normal, dass er sie einer solch kritischen Begutachtung unterzog, wie ihm schien, genauso normal wie seine Anwesenheit hier. Er hatte seine Geliebte, sozusagen seine Frau, abgeholt, und er sah sie sich an, wie alte Paare einander anzusehen pflegten. Er ergriff ihren Arm:

»Ich habe Brathähnchen eingekauft, wir können zuhause essen. Bist du gleich nach der Beerdigung abgereist?«

»Ja, natürlich. Es war nicht gerade angenehm, wieder in Limoges zu sein.«

»Hat das ehrbare Volk dich etwa mit Steinen beworfen?«

»Oh nein, es ist ja allseits bekannt, dass das Fleisch schwach ist. Selbst dort liest man inzwischen Zeitung.«

Sie warf einen zerstreuten Blick auf die Unordnung, die er in den letzten zwei Stunden angerichtet hatte, bevor er losgefahren war, ging aber sofort ins Bad, um sich zurechtzumachen, während er laut fluchend das Hähnchen zerteilte. Nach dem Kaffee setzten sie sich ins Wohnzimmer, wo er behutsam die nagelneue Haydn-Einspielung auflegte, die er kurz zuvor gekauft hatte.

»Nun, was hat sich denn in Paris so getan?«

Sie fragte beiläufig, mit geschlossenen Augen, und wie er sie so hörte, war ihm, als könne sich in Paris nie wirklich etwas Besonderes ereignen.

»Nicht viel. Hast du die Zeitungen gelesen?«

»Und du?«, fragte sie.

»Nichts. Ich hatte viel Arbeit. Habe vielleicht ein bisschen zu viel getrunken während deiner Abwesenheit – und diese Platte gekauft!«

Er erzählte ihr nicht, dass er am Ende doch die hübsche Catherine nach Hause begleitet und, reichlich betrunken, ein totales Fiasko erlebt hatte. Diesmal zumindest würde sogar Cathrine den Mund hal-

ten. Auch im eigenen Interesse würde sie Gilles' Versagen lieber totschweigen, da er zu viel über sie und ihre kleinen intimen Geheimnisse wusste.
Er streckte Nathalie die Hand hin, die sie auch sofort ergriff.
»Und du? Hast du François gesehen?«
»Ja, natürlich. Er hat mich bei Pierre besucht.«
»Wieso?«
»Er wollte, dass ich zurückkomme. Ich glaube, er langweilt sich.«
»Die Provinz hat sich offenbar gewandelt«, bemerkte Gilles leicht gekränkt, ohne recht zu wissen, warum. Alle Männer wollten ihm diese Frau wegnehmen und konnten sich nicht vorstellen, dass sie ihn liebte ... ihn lieben könnte. Er galt offenbar nur als zufälliger Fehltritt in ihrem Leben.
»Und was hast du ihm geantwortet?«
»Ich habe nein gesagt. Dass ich dich liebe. Dass es mir leid täte. Auch Pierre wollte, dass ich bleibe.«
Eine Art Entrüstung stieg in ihm auf. Klar, zehn Tage lang hatte er sich wieder als junger Hüpfer, als freier junger Mann aufgespielt. Aber was hatte das gebracht? Zwei Stunden mit einem lasterhaften kleinen Biest und nächtelanges Palaver mit engstirnigen oder vom Alkohol benebelten Kleingeistern. Und während dieser Zeit traf sie mit vertrauten und klugen Männern zusammen, die keinerlei Überheblichkeit zeigten, lebte auf und

spielte, wenn auch nicht ganz originalgetreu, Anna Karenina. Das nagte jetzt wohl an ihr, sie bedauerte es offensichtlich, fühlte sich unbehaglich.

»Ich weiß gar nicht, warum ich dir das alles erzähle. Wahrscheinlich, weil ich todmüde bin. Du bist also mit deiner Arbeit zufrieden?«

Würde er nun doch eine gute Note bekommen? Wieso war er eigentlich so eifersüchtig, so wütend? Sie war doch schließlich zu ihm zurückgekehrt. Hatte seinetwegen alles hinter sich gelassen. Saß hier vor ihm. Wovor fürchtete er sich?

»Deine Schwester und Florent waren auch auf der Beerdigung. Sie beklagt sich, weil sie nichts von dir hört. Du hättest ihnen schreiben sollen …«

»Das werde ich gleich morgen tun.«

Er versuchte, seine Stimme und auch die zitternden Hände im Zaum zu halten. Lächelte sogar.

»Du solltest dich jetzt hinlegen, kaputt wie du bist«, sagte er. »Ich komme gleich nach.«

Allein zurückgeblieben, setzte er die Schnapsflasche an den Hals, nahm einen kräftigen Schluck und verbrannte sich fast die Kehle. Gleich würde er sie lieben, diese untadelige Gefährtin, diese Frau, an der es nichts auszusetzen gab, dieses untadelige Wesen schlechthin. Letztlich hatte sich in seinem Leben doch alles gut gefügt. Er würde sogar zu ihr sagen können: »Du hast mir gefehlt«, und das wäre nicht einmal gelogen. Doch ihn fröstelte.

10

Sie hatte also tatsächlich alle Brücken, die sie mit ihrer Vergangenheit, ihrer Kindheit, ihren Freunden verbanden, abgebrochen. Ihr Bruder hatte sie mit guten Ratschlägen und flehentlichen Bitten bedrängt, und ihr Mann hatte sie vor die Wahl gestellt: »Entweder bleibst du jetzt hier, oder du gehst für immer.« Das alles hatte sie Gilles im Dunkeln und in kurzen, abgehackten Sätzen gestanden, und er war glücklich über das Dunkel, das ihm ihre Tränen verbarg. Im gesamten Limousin gab es offenbar keinen Menschen, der ihm Vertrauen schenkte, nicht einmal seine Schwester Odile, die, von plötzlicher Kühnheit getrieben, Nathalie beiseite genommen und gefragt hatte, ob sie denn glücklich sei, ganz so, als sei das undenkbar. »Nichts hält mich mehr dort«, sagte Nathalie, wohingegen er sich immer wieder fragte, ob die dort, die fest Verwurzelten, die Bodenständigen, nicht womöglich doch den besseren Part gewählt hatten.

Unterdessen verging die Zeit, der April machte die Bäume wieder grün, und sie lebten dahin, so gut es ging. Eines Morgens stürmte ein triumphierender Gilles in die Redaktion: Abends zuvor war ihm ein brillanter Artikel über Griechenland gelungen, er hatte ihn Nathalie vorgelesen, sie war begeistert gewesen, und er fühlte sich selbstsicher wie selten zuvor. In der Tat fand auch Fairmont den Bericht sehr gut, Jean ebenfalls, ja selbst Garnier, der ihm seit jener Sauftour eher aus dem Weg ging, beglückwünschte ihn diesmal. Das war wirklich mal etwas Durchdachtes, Kraftvolles und Präzises, so etwas bräuchten sie jede Woche, erklärte Fairmont. Gilles war im siebten Himmel, und da mittags Redaktionsschluss war, lud er Jean, seinen guten alten Jean, spontan zum Essen ein. Während der ganzen Mahlzeit diskutierten sie über Politik und beschlossen dann, den Rest des Tages zu verbummeln und ins Kino zu gehen. Doch vergebens schlenderten sie die Champs-Élysées hinunter, denn die dort angebotenen Filme hatte einer von ihnen beiden jeweils immer schon gesehen.

»Ich schlage dir gar nicht erst vor, zu mir zu gehen«, sagte Jean. »Heute hat Marthe ihr Damenkränzchen, und das kann ich dir nicht zumuten.«

»Dann gehen wir doch zu mir. Nathalie kommt erst gegen halb sieben. Außerdem würde ich gern noch weiter mit dir über die Griechenland-Affäre sprechen.«

Er fühlte sich geistig in Hochform und genoss jetzt

schon den Gedanken, dies Jean noch zwei Stunden lang spüren zu lassen, der, wie er wusste, intensiv zuhören konnte, aber auch zu entgegnen wusste.
Er öffnete die Tür, ließ Jean Platz nehmen und schenkte ihm einen Calvados ein.
»Ich war schon lange nicht mehr hier«, sagte Jean, während er sich setzte.
Das klang keineswegs vorwurfsvoll, aber Gilles dachte bei sich: Er hat ja recht. Früher war die Bude immer voll gewesen, die Freunde hatten sich überall breit gemacht. Früher … vor Nathalie.
»Du verstehst …«, sagte er gezwungen lächelnd.
»Na klar, alter Junge. Wo die Liebe hinfällt … Und etwas Besseres konnte dir gar nicht passieren. Vor allem mit jemandem wie Nathalie.«
Er wirkte absolut aufrichtig.
Gilles beugte sich zu ihm hin: »Wie man's nimmt.«
Da war er wieder, sein analytischer, scharfsinniger Verstand, dem von Proust nicht unähnlich. Wer sich für intelligent hält, sieht sich ja nie als Verräter.
»Weißt du, als ich sie kennenlernte, war ich … du erinnerst dich doch … so dünnhäutig und verletzlich wie nie. Gott weiß, warum, aber es war so. Sie hat mich in Watte gepackt, warm gehalten, mir das Leben zurückgegeben. Wirklich! Aber inzwischen …«
»Was, inzwischen?«

»Inzwischen drückt mich das Wattekissen, drückt mir die Luft ab, kurz gesagt: Alles, was ich an ihr geliebt habe, das mir Halt gab, ihre Absolutheit, ihre Geradlinigkeit, ihre Verlässlichkeit ... Alles kehrt sich inzwischen gegen sie.«

»Weil du schwach und haltlos bist«, sagte Jean liebevoll.

»Du magst ja recht haben ... Vielleicht bin ich tatsächlich ein elender Schuft. Aber es gibt Momente, da ... wo ich alles darum gäbe, nicht von ihr beurteilt zu werden. Und allein zu sein, wie früher.«

Um genau zu sein, hätte er hinzufügen müssen, dass er sich das Leben ohne sie nicht vorstellen konnte. Doch das ersparte er sich, begeistert wie er war über den gelungenen Artikel, den allgemeinen Zuspruch und Jeans Interesse.

»Vielleicht könntest du ihr das ja erklären«, sagte Jean, bevor er schlagartig verstummte. Gilles wandte den Kopf und erblickte Nathalie im Türrahmen zum Schlafzimmer. Ruhig wie immer, nur die Augen schienen heller als sonst. War die Schlafzimmertür geschlossen gewesen, als sie hereingekommen waren?

»Guten Abend«, sagte Jean. Er war aufgestanden und wirkte etwas blasser als gewöhnlich.

»Ihr wart im Gespräch ... Das Reisebüro blieb heute Nachmittag geschlossen, und das habe ich ausgenutzt, um ein bisschen zu schlafen.«

»Ich … du hast geschlafen«, stammelte Gilles.
»Ich bin gerade erst aufgewacht. Ich habe noch Einiges zu erledigen und will euch auch nicht weiter stören.«
»Aber so bleib doch«, rief Gilles überstürzt, »bleib doch bei uns. Jean und ich, wir sprachen gerade über den Artikel, den ich dir gestern vorgelesen habe.«
»Der war gut, nicht wahr?«, sagte sie, zu Jean gewandt. »Nein, ich muss wirklich noch mal weg.«
Sie lächelte ihnen zu und verschwand. Bedächtig setzten sie sich beide wieder hin.
»Heiliger Himmel!«, fluchte Gilles. »Heiliger Himmel … glaubst du, sie hat …?«
»Ich glaube nicht. Meines Erachtens war die Tür zu. Außerdem hast du ja nichts Schlimmes gesagt. Du hast nur gesagt, dass es Momente gibt, wo du die Nase voll hast. Und das kennt doch jede Frau.«
Oh doch, und ob das schlimm war! Sogar grauenvoll!
»Du hast ja keine Ahnung!«, schrie er Jean an. »Ich rede über meine Beziehung zu ihr, einfach so, und das ausgerechnet mit dir …«
»Was soll das denn heißen, ausgerechnet mit mir? Was habe ich denn verbrochen?«
»Nichts, gar nichts, entschuldige! Kein Grund, dich jetzt auch noch zu beleidigen …«
»Glaub mir, lass uns in Ruhe unseren Calvados

trinken und abwarten«, sagte Jean beschwichtigend. »Schlimmstenfalls macht sie dir heute Abend eine Szene, aber das bist du ja gewöhnt.«
»Nein«, erwiderte Gilles nachdenklich, »nein, das bin ich nicht gewöhnt.«
Die Zeit verging, und schien doch stehenzubleiben, er hörte kaum, was Jean sagte, lauschte nur auf die Schritte im Treppenhaus. Schon eine Stunde war es her, dass sie gegangen war, eineinhalb Stunden. Dabei war Einkaufen ihr doch zuwider. Das war nicht glaubhaft! Er rief auf gut Glück bei Garnier an, aber der hatte sie auch nicht gesehen. Um fünf Uhr war ihm alles klar: Sie würde den Zug nehmen und doch wieder zurückfahren, in ihr altes Heim! Er überließ Jean sich selbst, raste zum Bahnhof, rannte durch die Waggons, fand sie aber nicht. Nein, einen früheren Zug gab es nicht, nein, einen Flieger nach Limoges heute auch nicht. Um sechs Uhr fuhr der Zug ab, ohne ihn, ohne sie. Sie war ja auch gar nicht gekommen. Also wieder zurück, quer durch Paris! Die ewigen Staus! Er brüllte fast vor Wut... Vielleicht war sie ja längst wieder zu Hause, vielleicht hatte sie auch gar nichts gehört. Es war schon fast sieben Uhr, als er die Tür aufschloss. Aber die Wohnung war leer, nur ein Zettel von Jean lag da:
»Renn nicht wie ein Wilder durch die Gegend. Wenn du Lust hast, komm zum Essen.«

Der war ja wohl nicht mehr ganz bei Trost! … Ihm blieb nichts anderes übrig, als abzuwarten, und nichts war ihm unerträglicher als das. Und wenn sie bei der Jugendfreundin, dieser hässlichen Person, war? Er stürzte ans Telefon. Doch dort war sie auch nicht. Er war am Ende seiner Kräfte. Ein Paar Ohrfeigen würde er ihr verpassen, wenn sie heimkäme! So hatte sie ihn ja schließlich auch empfangen, neulich, nach seinem Besäufnis, und zu Recht. Allerdings …, ihn bewusst in eine solche Panik zu versetzen, das passte gar nicht zu Nathalie. Sie, im Gegensatz zu ihm, respektierte ja andere Menschen. Er ließ sich in einen Sessel sinken und versuchte nicht einmal, Zeitung zu lesen. In seinem Kopf herrschte dröhnende Leere. Um Mitternacht klingelte das Telefon.

Der Arzt war ein kleiner rothaariger Mann mit dicht behaarten muskulösen Händen. Komisch, dass Rothaarige immer behaarte Hände hatten! Er hatte diesen unpersönlichen Blick, der Gilles bei Krankenhausärzten schon häufiger aufgefallen war, weder urteilend noch anteilnehmend. Man hatte Nathalie um halb zwölf gefunden. Punkt vier hatte sie in einem Hotel ein Zimmer genommen, gesagt, sie sei müde, man möge sie am nächsten Tag um zwölf Uhr Mittags wecken, und offensichtlich dann die nötige Dosis Gardenal geschluckt.

Der Herr im Nachbarzimmer, der gegen elf Uhr zurückgekommen war, hatte sie röcheln hören. Sie hatte ein paar Zeilen für Gilles hinterlassen, daher habe man ihn nach den Erste-Hilfemaßnahmen angerufen. Große Hoffnung durfte man sich nicht mehr machen, gewiss, der Körper hatte noch kurz rebelliert, der Körper hatte sich beklagt, aber das Herz würde nicht durchhalten.

»Kann ich sie sehen?«

Er konnte sich kaum noch aufrecht halten. Das alles war doch wohl nur ein schrecklicher Albtraum.

Der Arzt zuckte mit den Achseln:

»Wenn Sie wollen …«

Überall Schläuche, der Körper halb nackt, das Gesicht entstellt von etwas, das ihm fremd war. Er sah die bläuliche Halsschlagader, wie sie pochte, doch wie wild sie pochen konnte, wenn sie sich liebten, das wusste nur er.

Er empörte sich innerlich: Das konnte sie ihm doch nicht antun, ihm für immer diesen schönen, lebenshungrigen Leib entziehen, der den seinen doch so liebte, sie konnte doch nicht versucht haben, sich ihm zu entziehen! Die hellen Strähnen klebten schweißnass an ihrer Stirn, und die Hände zuckten auf dem Laken. Eine Krankenschwester stand neben ihr und warf dem Arzt einen fragenden Blick zu:

»Das Herz wird schwächer.«

»Gehen Sie jetzt«, sagte der Arzt zu Gilles. »Ich komme gleich nach. Hier können wir Sie nicht gebrauchen.«
Gilles ging hinaus und lehnte sich gegen die Wand. Am Ende des Flurs war ein Fenster: Es war immer noch Nacht, schwarze Nacht über dieser unbarmherzigen Stadt. Er steckte die Hand in die Tasche, fand ein Stück Papier und zog es mechanisch hervor. Es war Nathalies Brief. Er riss ihn auf und brauchte eine Weile, bis er begriff:
»Dich trifft keine Schuld, mein Liebster. Leicht exaltiert war ich schon immer und geliebt habe ich nur dich.« Darunter stand, ein wenig verwackelt, ein großes N. Er steckte den Brief wieder in die Tasche, wo hatte er bloß seine Zigaretten? Und Nathalie, nebenan, Nathalie, wo hatte er die bloß gelassen? Der Arzt kam heraus. Ein wirklich abstoßender Rotschopf!
»Es ist zu Ende«, sagte er. »Zu spät. Tut mir leid. Wollen Sie sie noch einmal sehen?«
Aber Gilles war längst auf der Flucht, rannte, gegen die Wände torkelnd, auf das Ende des Flurs zu, damit der Rothaarige ihn nicht weinen sah. Jetzt stolperte er in diesem anonymen Krankenhaus die Treppen hinunter und hörte kaum, was der Arzt ihm nachrief. Auf den letzten Stufen hielt er inne. Sein Herz klopfte wild.
»Die Papiere«, rief die Stimme dort oben in weiter

Ferne, »die Urkunde, wo soll sie hingeschickt werden? … Angehörige? … Hatte sie nur Sie?«
Er zögerte kurz und sagte dann wahrheitsgetreu:
»Ja.«

Françoise Sagan

Die französische Schriftstellerin Françoise Sagan, geboren am 21. Juni 1935 in Cajarc als Françoise Quoirez – ihr Pseudonym geht zurück auf eine Romanfigur von Marcel Proust – stammte aus einer wohlhabenden Industriellenfamilie. Zum literarischen Kanon, der sie prägte, gehörten die Werke von Proust, Apollinaire, Faulkner, insbesondere von Éluard, dessen Gedichtzeilen sie ihren Romanen voranzustellen pflegte. 1954, kurz nach der Aufnahme ihres Literaturstudiums an der Pariser Sorbonne, erschien ihr Debutroman *Bonjour Tristesse*, der sie über Nacht weltberühmt machte. Das Buch, in dem sie die sexuelle Befreiung der sechziger Jahre vorwegnahm, war nicht nur eine literarische Sensation und ein finanzieller Erfolg, sondern löste auch einen Skandal aus durch die freizügige Schilderung des sexuellen Verlangens von Frauen. Noch im selben Jahr wurde die gerade 19 Jahre alte Autorin mit dem *Prix des Critiques* ausgezeichnet, der »Mythos Sagan« war geboren.

Die Erfolgsautorin, die häufig mit Colette verglichen wird, war ihr Leben lang sehr produktiv, ihr Gesamtwerk umfasst über 40 Titel – Romane

wie *Aimez-vous Brahms* (1959, dt: *Lieben Sie Brahms?*, 1960), Novellen und Theaterstücke sowie Filmdrehbücher und Autobiographisches. Viele ihrer Romane wurden zu Bestsellern und später verfilmt. Zudem schrieb sie Chanson-Texte für Juliette Gréco, Yves Montand und Johnny Hallyday.
Sagan wurde zur Kultfigur des mondänen Paris, engagierte sich sozial und politisch und führte ein Leben voller Exzesse und Skandale. Nach zwei kurzen Ehen – mit Guy Schoeller und dem amerikanischen Künstler Robert Westhoff, mit dem sie einen Sohn hat – fand sie mit der Modedesignerin Peggy Roche die große Liebe, die bis zu deren Tod 1991 währte. In den neunziger Jahren wurde Sagan mehrfach wegen Drogenbesitzes und -konsums sowie 2002 wegen Steuerhinterziehung verurteilt. Sie starb vereinsamt und finanziell ruiniert am 24. September 2004 in Honfleur an einer Lungenembolie.
Hinter dem Bild der frivolen Sagan droht zuweilen ihre wahre Lebensmotivation in Vergessenheit zu geraten – das Schreiben, das für sie »die einzige Rechtfertigung ihrer selbst, das einzige aktive Zeichen ihrer Existenz« darstellte. »Sie ist nie erwachsen geworden«, so ihr Sohn Denis Westhoff. »Sie hat sich jenen klaren Blick bewahrt, mit dem eine wache Heranwachsende die Welt der Erwachsenen durchschaut. Dieser Blick ist zeitlos. Das macht sie heute wieder modern.«